ことのは文庫

# 青き瞳と異国の蓮

## いわく、大坂唐物屋に呪いあり

結来月ひろは



MICRO MAGAZINE

# 目次

CONTENTS

# 青き瞳と異国の蓮

いわく、大坂唐物屋に呪いあり

# 第一話　玉の緒　かんざしを、あなたに

江戸時代、天下の台所と呼ばれた大坂《おおさか》。

さまざまな店が立ち並ぶ大坂町三丁目にその店はあった。

客でにぎわっている他の店とはちがい、店先に客の姿はなく、昼間だというのにどこか薄暗い店内には所狭しと物が並び、ふしぎな雰囲気が漂っている。

——祝久屋蓬莱堂《いわくやほうらいどう》。

それがその店の名前であった。


「今日もゆっくりと本が読める」

十六にして祝久屋蓬莱堂の店主である祝久屋璃兵衛《いわくやりへえ》は、手元にある本をめくりながら商売人らしからぬことをぼやいた。

薄紙を通したような光しか入ってこない店の中は昼間でもどこか薄暗い。

青梅藍縞《おうめあいじま》の着物の襟や袖口からのぞく白く細い首筋や手首は墨で描かれた幽霊画を思わせる。

さらに角度によって青色に見える瞳が浮世離れした雰囲気に拍車をかけていた。

「それでいいのか、お前は」

あきれたように璃兵衛に問いかけたのは、黙々と棚の整理をしていた青年レンだった。

歳は十八くらいだろうか。太陽の下で過ごしてきたことを思わせる日に焼けた肌にまくられた袖から見える腕には適度な筋肉がつき、首からは守り袋を提げている。

程よく筋肉がついた長身には丈が足りない黒の着流しを着て、ゲタの鼻緒は足首のあたりで編み上げられている。

異国の雰囲気を醸し出す容姿は人目を引き付けるのには十分すぎるが、レン本人はそのことにまったく気づいていない。

レンはエジプトから海を渡り、数か月前に祝久屋蓬莱堂へとやってきたが自身に関する記憶を失っていた。

自分の名前すらわからず、レンという名は璃兵衛がつけたもので紆余曲折あり、レンの面倒を璃兵衛がみることになったのだが、これではどちらが面倒をみているのかわからない。

「おい、聞いているのか？」

レンが璃兵衛に目を向ける。

その瞳は璃兵衛がもっていたかもしれない黒色だ。

「あぁ」

璃兵衛は読んでいた本を閉じた。

「まぁ、うちは他の店とは少しばかり違うからな。この店にやってくる者と言えば、よほどの物好きか変わり者くらいで」

「相変わらず客がいないな、璃兵衛。それにレンは今日も働き者やな」

璃兵衛の言葉をさえぎるように店の入り口から顔をのぞかせたのは璃兵衛の昔からの知り合いである富次郎《とみじろう》だった。

「まぁ、いい。邪魔するで、璃兵衛」

「邪魔するな。帰れ」

璃兵衛は店の入り口に向かうと大戸を容赦なく下ろした。

「いでででで……ちょっ、痛っ……待て、ほんま痛い！」

「だろうな」

璃兵衛は大戸に挟まれる富次郎に冷ややかな視線を向けた。

その間も璃兵衛が大戸を下ろす手をゆるめることはない。

「親しき中にも礼儀ありと言うだろう。そして俺はお前の親友になった覚えはない」

「だろうな、やなくて！　これが親友にすることか」

富次郎は下がってくる大戸を必死に手で押さえている。

見る者が見れば、まるで掛け合い芸でもしているかのようだが、ふたりはいたってまじめであり、見慣れているレンからすれば珍しくもない光景だ。

「話くらい聞いてやればどうだ。そろそろ戸が壊れそうだ」

「……さすがに壊れるのは困るな」

「俺よりも戸が大事なんか!?　うぉっ!?」

璃兵衛は不満を残しつつも、ようやく大戸を下ろすのをやめた。

急に璃兵衛が手を離したせいで抵抗を失った大戸は富次郎の力を借りて勢いよくもとあった入り口の上に戻っていった。

「用があるなら、上がれ」

「そうやな。ここで話すんもなんやし」

レンに言われた富次郎は慣れた様子で店に上がる。

「しかし、ほんま変わった物ばっかやなぁ。それにまた増えたか？」

「当たり前だ。うちは唐物屋だからな」

唐物屋とは外国からの輸入品や古道具を売買する店のことで、璃兵衛の店も珍しい輸入品や古道具が数多く並んでいる。

「気をつけろよ。お前が見ているそれはさわると中に吸い込まれるガラスの瓶、お前が手をつこうとした壁にかかっている少女の巻物は夜な夜な歌い出すと言われている」

「〜〜〜っ！」

富次郎は叫びそうになるのをどうにかこらえて、畳の上に腰を下ろすとようやく息をついた。

「はぁ……なんで、お前の店は、昔からそんなもんばっかり」

「それが祝久屋蓬萊堂だ」

祝久屋蓬萊堂は、そのへんの唐物屋とはちがうところがあった。

この店の若き店主である璃兵衛はいわくつきのものを好んで集める変わり者なのだ。

そのせいで客が寄り付かないものの、いわくつきの物を手離したい者が訪れては気味の悪い物を置いていくこともある。

「それで？　一体なんの用だ」

富次郎が仕事をさぼってまで話したいこととは、一体なんなのだろうか。さすがに璃兵衛も話を聞いてやろうと帳場に腰を下ろした。

「それが……」

慣れた様子で帳場に座った富次郎は困ったように頬をかく。

「最近、なんかおかしいんや……」

「安心しろ。お前がおかしいのは、なにも今に始まったことじゃない」

「そうやない！」

璃兵衛からすれば、周囲から変わり者と言われている自分とこうして交流を持ち続けている時点で十分すぎるくらい変わっている。

しかし富次郎の反応からするにどうやらそういうことではないようだ。

「相談に来たのなら、わかるように話せ」

「いや、それが自分でもなんて言うたらいいんか……」

富次郎は困ったように頭をかきながらも、どうにか言葉を続けた。

「……とにかく、やたら運が悪いことが続いてるんや」

富次郎いわく草履《ぞうり》の鼻緒が切れる、書面を何枚も書き損じるといった小さなものから、屋根で作業をしていた大工の金槌が落ちてくるといった危なっかしいものまで幅広い。

「さすがに毎日となると大変であろう」

レンは気の毒そうに富次郎を見た。

「俺だけならいいんやけど、他人を巻き込むことがあったらあかんし。どうにかならんか？」

そう話す富次郎の表情には不安の影が落ちている。

自分ではなく、他人のことを心配するのが富次郎だ。

このままでは周囲に迷惑をかけないようにと、部屋に引きこもってしまいかねない。

そうなると困るのは周囲にいる者たちだろう。

これでも富次郎は同心で、なにかと頼りにされているのだ。

「仕方ない……調べてやる」

「ほんまか!?」

「お前の身に起きている、その不運なできごとに一体なにが関係しているのか……考えてみると、なかなか面白そうだ」

璃兵衛はあやしげな笑みを浮かべると、店にやってきた物たちが並ぶ棚に向かう。

「実は少し前に持ち主に不運をもたらす壺を手に入れたばかりでな」

璃兵衛が手に取った壺は一見どこにでもありそうなものだが、壺の口にはお札が何枚も貼られ、壺の全面には呪文のような文字が書き連ねられている。

「この壺をお前の家に持って帰ってみるのはどうだ。お前の不運と壺の不運、どちらが強いかを一度試して」

「い、いい、いらんっ、絶対にいらん！」

富次郎は器用に棚と棚のすき間にある壁に背中から張り付き、璃兵衛の提案を拒んだ。

「相変わらず、こういう類いが苦手だとは。むしろ悪化していないか？」

「うるさい！　仕方ないやろ！」

口では反論するものの、富次郎も悪化している自覚はあるのか。

どこか気まずそうだ。

「こういう類いとはなんだ？」

富次郎のことをまだよく知らないレンはふしぎそうに首を傾げた。

「こいつは同心のくせに幽霊や呪い、そういうものが昔から駄目なんだ」

「くせにとはなんや！」

「死体を見る機会もあるだろうに、よくそれでやっていけるな」

璃兵衛はあきれたような目を富次郎に向ける。

「そ、そりゃあ、苦手は苦手やけど……っ、それとこれとはべつや！」

「その調子なら大丈夫だと、私は思うが」

「ほんまか!?」

レンの気遣いともとれる言葉に富次郎は目を輝かせた。

「あぁ。この場にこうしていられるなら、問題はないはずだ」

「そうか……これで夜の見回りで出合い頭に他の同心に脅されんですむ日も近い……」

見回り中に一体なにをやっているのだと璃兵衛は言いたくなるが、富次郎の反応を見ているとついからかってやりたくなるのもわからなくはない。

「ほな、頼んだ」

富次郎は璃兵衛に頼むと店をあとにした。

「実ににぎやかな人間だ。お前とは大違いではないか」

「それを言うなら、お前だってそうだ」

璃兵衛はじろりとレンを見た。

「まったく……苦手なら来なければいいものを」

「たしかにその通りだ」

もうあの頃のようなこどもではないというのに、富次郎は見回りの途中など事あるごとに顔を出してくる。

「しかし見たかぎりでは、あいつが悪いものに憑かれている気配はなかった」

人間に不幸をもたらす妖怪などは存在しているが、璃兵衛が見たところ、そのような者の気配は富次郎からは感じられなかった。

「お前はなにか感じたか？」

「いや、私もよくないアクの気配は感じなかったが」

古代エジプトでは死後の人間は四つの存在〈肉体〉、〈カー〉、〈バー〉、〈アク〉になると考えられており、そのうちのひとつが先程レンの言っていた霊の一種の〝アク〟である。

「こう言ってはなんだが、単に運や要領が悪いだけではないのか？」

「あれでも運や要領はいいほうだ」

ただ富次郎はそうした運や要領の良さを自分にではなく、他人のために使ってしまうため、運や要領の良さがわかりづらいところはある。

「なるほど、永遠の楽園〈イアル〉に招かれそうな善人だ」

「永遠の楽園に招かれたとしても、あいつは楽園でも他人のために奔走しそうだがな」

富次郎も璃兵衛と同じ年頃ということもあり、そんな早くにあの世からの迎えが来ることはないだろうが、富次郎から聞いた話の中には一歩間違えていれば命を落としかねない不運もあった。

「神に手招きされているとなれば難しいが、そうでなければどうにかなるだろう」

璃兵衛は右腕を胸の前にかざした。

「あいつがここ数日に関わった事件の関係者について調べてこい」

そんな言葉とともに右腕を前に差し出す璃兵衛の目がかすかに青く光る。

するとすると右の手のひらの上に青い光があらわれ、ばさりという羽音を響かせて消えてしまった。同時に目に宿っていた輝きは消え、黒い瞳に戻る。

「そんな簡単に飛ばすなと言っただろう。わかっているのか、お前は」

「わかっている……一にも満たない、だろう……」

先程まで雄弁だった口調は弱弱しいものになり、璃兵衛はその場に座り込む。

わかっていると言いながら、わかっていないのはレンにもお見通しだ。

今はこれ以上言ってもどうしようもないと悟ったレンは店の軒にかかっていた払子《ほっす》を手にすると、まるでほこりでも払うかのように璃兵衛の頭を払子の毛で払っていく。

「おい、いきなりなにをするんだ」

「お前のいわくつきのものやそれに絡んだ欲が少しは薄れるかと思ってな」

払子は煩悩を払うものとして寺で使われており、元はインドで蚊やハエを払うための道具として使われていたものだ。

「そんなもので欲を払えれば誰も苦労はしない」

璃兵衛は払子を手にしたレンに目を向けた。

レンを映す瞳は星のない夜のような光の届くことのない深い海を思わせるような、実にふしぎな色をしていた。

「俺も、そしてお前もだ……ちがうか？」

「ちがわないな」

レンは手にした払子を元あったところに戻した。

「ちなみにだが、この払子はどんないわくがある？」

「たしか、とある高僧がひとりの美少年を巡って争い……」

「なるほど、予想以上に欲にまみれたいわくがあるようだ」

「まあ、古今東西、恋に絡んだ話は少なくない。神話に登場する神同士の間でも恋や愛が引き金となって起きた出来事が語られているくらいだ」

エジプトの神話にも遠からずそのような話はあったはずだ。

「寝物語がてらに話してやろうか？」

「結構だ」

璃兵衛が語ればなおのこと、寝物語とは程遠いものになりそうだった。


その後、璃兵衛とレンは町に繰り出した。

店は誰もいない状態であるが、あのような店に盗みに入る物好きはいないため、あけておいたところでこれといった問題はない。

仮になにかを盗まれたとしても、盗んだ本人が無事であればいいのだが……。

以前〝犯人がいなくなれば事件はなかったことも同じだ〟と言ってしまい、富次郎から説教をくらったことを思い出す。

「しかし、これだけの情報が集まるとは恐れ入った」

先に情報を集めていたとは言え、ここまで多くの情報を得られたのはレンにとっては予想外だった。

「だからお前はわざわざ町に行くと言ったのか？」

さらにレンからすれば人の多い場所をあまり好まない璃兵衛が自ら町に行くと言い出したことも驚きだった。

「どれが正しいのか誤っているのかを精査する必要はあるが、人々の間に広がる噂話や伝えられている物語には大事な見聞が詰まっていることが多々ある」

璃兵衛は人の間を縫うようにして器用に人をさけてぶつかることなく歩いていく。

「ここはそういうところだ。噂好きが多いからな」

見てみろと、レンは璃兵衛に言われた先に目を向けてみる。

そこには数人の町娘の姿があり、レンに見られていることに気づくと、きゃあきゃあと歓声を上げながら去っていった。

「……今のはなんだ？」

「お前に見惚《みと》れていた娘たちだ」

「見惚れるだと？　単に私が珍しいだけであろう」

黒の着流しの袖をまくり上げ、履き慣れないという理由で下駄の鼻緒を伸ばして足首あたりで編み上げているレンのその姿は役者絵から飛び出してきた傾奇者《かぶきもの》のようだ。

若い娘たちには異国を思わせるレンの容姿も合わさって、ひどく魅力的に見えるのだろう。

しかしレンは視線が集まるのは物珍しさのせいだと思っており、娘たちの視線に込められた熱には気づいていない。

「なぁ、あれって、祝久屋蓬莱堂の……?」

「身体が弱いのは呪いのせいなんやろ」

「でも、今見たら、えらい元気そうやけどなぁ」

「それはあれや。なんか恐ろしいもんと契約したからや」

「うちはあの世に行ったけど、地獄の鏡に拒絶されて戻ってきたからって聞いたで」

聞こえてくる噂はどれもこれもずいぶんと璃兵衛のことを好き勝手言ってくれている。

しかしここまでくると面白くもあり、璃兵衛は外に出る時は黒の羽織を羽織るなど、あえて噂の内容が本当なのではと思わせるようなふるまいをしていた。

最初はひまつぶしの意味合いが強かったが、今では店のいい宣伝にもなっている。

「お前もずいぶん見られているではないか」

「あれはただの噂好きだ。気にすることはない。それよりも富次郎が最近関わったのは嫁入りを控えていた武士の娘が亡くなった事件だけだ」

亡くなったのは武士である矢代忠親《やしろただちか》の長女・美代《みよ》で、歳は十七歳。

家族は両親と二歳下の弟がひとりだ。

「嫁入りを前にして亡くなるとは、気の毒なことだ」

「嫁に行くことが必ずしも幸せとはかぎらない。この娘の嫁入りは急に決まったもので、さらに父親は娘が嫁入りを控えていたことを公にしていない。奉行所に昼夜問わず押しかけては娘は殺された、調べ直せと訴えているにもかかわらずだ」

「なぜ忠親は奉行所に嫁入りのことを言わない？」

「お前も町で噂を聞いただろう」

忠親の先祖は運河や橋の工事を手伝いたいと、自ら城下町から外れたところに屋敷をかまえるなど町のことを考える人であったそうだ。

しかし忠親は自尊心が強く、自分は武士であると町人や妻たちのことを見下し、ひどい言葉を浴びせていたと聞く。

忠親の妻は忠親の先祖と深い親交のあった商家の娘だったが、忠親は武士である自分が商人の娘を嫁にもらうことが気に入らなかったらしい。

「なるほど……娘を嫁がせ、武士と姻戚になる算段だったと」

「だが、それも叶わなくなった。なぜ奉行所に押しかけているかはまだわからないが、奉行所の連中はすっかり参っているようだ」

璃兵衛は半紙を畳むと胸元に仕舞い込んだ。

「しかし……思っていた以上に面白いことになっているようだな」

面倒なことを引き受けたと思っていた璃兵衛だが、もしかすると興味をそそる物と出会う機会があるかもしれないと、不謹慎ながらも胸が高鳴ってしまう。

「少しは言葉を選ぶべきではないのか」

そんな璃兵衛の気持ちを読み取ったのか。

レンは呆れた目で隣を歩く璃兵衛を見ていた。

「そういうお前こそ、難しい言葉も使えるようになったようだな」

「どこぞの変わり者の店主の相手をしていれば、いやでも覚える。それに幸か不幸か、時間だけはあったのでな」

「お前も言葉を選ぶべきだ。学ぶのがひまつぶしなど、学者先生が聞けば顔を真っ赤にして怒り出しそうだ」

そんなことを話しているうちに、町人が持っているあかりに火が灯り始めた。

「あかりを持ってくるべきだったな」

「まぁ、これくらいの暗さなら問題は……」

そこで璃兵衛は行く先にある者を見つけた。

「これはちょうどいいところに」

璃兵衛の視線の先にいたのは富次郎だった。

黄八丈と呼ばれる格子柄の着流しに黒の紋付羽織を羽織り、裾を帯の中に巻き上げている。仕事で見回りをしている最中のようだが、昼間に会った時とはちがって落ち着きがなく、あちこちに視線を向けている。

「……本当に幽霊が苦手なのだな」

後ろのほうにいる璃兵衛たちには気づいている様子はなく、持ち主の気持ちを察してか富次郎が持っているあかりも不安げにゆらゆらと揺れている。

「お前と初めて出会った時のことを話してやれば、どんな反応をするか興味はあるが」

「やめておけ」

それでもさっさと通り過ぎてしまおうとはせず、おびえながらも周囲をしっかりと見回しているのは富次郎の仕事に対する真面目さなのだろう。

「あいかわらず面白いやつだ」

レンの隣で璃兵衛が浮かべた笑みは興味のあるいわくつきのものを見つけた時と同じものであり、こうなってしまった璃兵衛は止められないことをレンは理解していた。

気の毒にとレンは富次郎に心の中で同情した。

璃兵衛は草履の足音を立てないように、ゆっくりと後ろから富次郎に近づいていく。

あかりを持っていなくても平気なのは普段から薄暗い店内にいることが多く、暗さに多少は慣れているからだろう。

そんな璃兵衛にとっては、あかりを持っている富次郎に近づくなど朝飯前だ。

富次郎のもとに璃兵衛がたどりつくまであと三歩、二歩。

――一歩……。

「精が出るなぁ、富次郎」

「いあぁぁぁぁぁぁ!?」

富次郎の悲鳴があたりに響き渡った。

「そんなに驚くことか」

「っ、りっ、りり、璃兵衛か……」

平然としている璃兵衛に対して、富次郎はがくがくと震えている。

「お前、驚かすなって言うてるやろ!? 夜道で会うたびに毎回毎回、これで何度目や!?」

「さぁな。数えていてはキリがない」

璃兵衛は数えきれないくらい富次郎を驚かしているということだ。

「しかし、そろそろ慣れてもいいと思うが？」

「無理無理、そんなもん絶対に無理やって！ お前の神経どうなってんねん!?」

そこで富次郎はあることに気づく。

「それにお前、あかりも持たんとひとりでふらふらして……なんかあったらどうすんねん」

富次郎は璃兵衛がひとりだと思うと、真剣な顔で璃兵衛の心配をし始めた。

しかし富次郎は気づいていない。

すぐ後ろにレンがいることを……。

「誰がひとりだと言った」

「は？」

「夜に見回りとは精が出るな」

この時、富次郎の意識は完全に璃兵衛に向いており、レンの存在に気づいていなかった。

さらにレンが待っていたところはちょうど暗がり。

そのふたつが重なり、富次郎の目に映ったのは背後の暗闇から突然あらわれた男だった。

「……で、でででで、でたぁぁぁぁぁぁっ！」

「落ち着け、私だ」

「あわぁぁぁぁぁぁぁぁぁぁぁぁ！」

二度目となる富次郎の悲鳴が響き渡る。

それにこたえるように、犬たちの遠吠えがあちこちから聞こえてきた。

「あっ！　同心の兄ちゃんの悲鳴や！」

「ほな、そろそろ夕飯の準備せなあかんなぁ」

この悲鳴が時計がわりに使われていることを悲鳴の主である富次郎は知らない。


「休みの俺を店に呼びつけて、今度はなんや？」

翌日、蓬莱堂にやってきた富次郎は不機嫌さを隠そうとしなかった。

休みということもあり、富次郎は黄八丈の着流し姿だ。

休みをつぶされたことが悔しいのか。昨夜の件を怒っているのか。

はたまた、その両方か。

富次郎の不機嫌を気にも留めず、璃兵衛は話を切り出す。

「ひとつ確かめてみたいことがあってな。今日呼んだのはそのためだ」

「そうやったんか……」

璃兵衛の言葉に富次郎はほっと安堵の息をもらした。

「富次郎はずいぶんと疲れているようだが」

レンが富次郎をよく見てみると、目の下にはうっすらとクマが浮かんでいる。

「いや、実はあの後、奉行所でちょっと色々あってな」

「また父親が怒鳴り込みに来たのか」

「そのような輩《やから》は訴えが通らないかぎり、諦めることはないだろうな」

「なんでふたりともそのことを知ってるんや!?」

「連日に及べば噂になるのも当然であろう」

レンに言われた富次郎は両手で顔を覆った。

「そうか……うん、いや、そうやんな。あんだけ毎日やったらそうなるわな……」

富次郎としては隠しておきたいようであったが、あれで隠せるわけがない。

「お前は忠親の娘・美代が死んだ事件を担当したようだな」

「あぁ……」

「なぜ最初に店に来た時にそのことを俺に言わなかった?」

璃兵衛からの問いかけに富次郎は勢いよく顔を上げた。

「まさか、その事件と俺の不運が関係あると思ってるんか？　それはない、絶対にない！」

富次郎はきっぱりと言い切った。

「なぜ言い切れる。お前はその娘と知り合いだったのか？」

「いや、知り合いでもなんでもない。でも、その娘はいきなり死んでもうたんやで？　それだけでも悲しいやろうに俺の不運がその子のせいやって疑うなんて……」

「ちなみに美代の死因は何であった？」

「突然死や。とくに外傷もなくて、毒をのんだ様子もなかったからな」

「なるほど……なら、なおのこと確かめたほうがいい。亡くなった者の中には自分が死んでしまったことに気づかずに彷徨《さまよ》い続ける者もいる」

「そうなんか……？」

「死者を送る儀式をおこなう理由のひとつは、死者を彷徨わせないためでもある」

璃兵衛は布がかけられたなにかを腕に抱えると、そっと富次郎の前に置いた。

「それは……？」

「幽霊が映るといわれている鏡だ。鏡をのぞき込んだ者のそばに幽霊がいれば、その姿がこの鏡に映り込む」

ゆっくりと璃兵衛が布を取ると、その下からあらわれたのは小さな鏡台だった。

しかし見慣れた物とはちがい、台は真っ白に塗られ、下に向けられている鏡は縦に長い楕円形になっている。

台の随所にこまやかな飾り彫りがほどこされており、物の価値に詳しくない者が見ても、非常に手の込んだ高価な物であるとわかる。

「綺麗な鏡台やけど、これがいわくつきのものなんか？」

「これは早くに母親を病気で亡くし、母恋しさに泣き暮らしていた娘に父親が贈った物と伝わっている。この鏡をのぞけばいつでも母親に会える、お前には母親がいつだってついてくれている、ひとりではないと言い聞かせていたそうだ。鏡に映る自分と母親を見た娘はたいそう喜んで、その場から離れることなく、ずっと鏡を眺めていたらしい」

「悲しいけど、いい話やなぁ……」

富次郎は娘想いの父親と母親恋しさに鏡をのぞき込む幼い娘を想像したのだろう。

涙ぐみ、ぐすっと鼻を鳴らした。

「……けど、そんな鏡を使っても大丈夫なんか？　なんや母親と娘に申し訳なくて」

「そのためにお前を呼んだんだ。それにこの鏡を試すことができて、ちょうどいい」

「後半のほうがお前の本音やろ!?」

「まぁ、こやつの場合はそうであろうな」

富次郎に指をさされ、レンにあきれた目を向けられながらも璃兵衛は平然としている。

「さっさと始めるぞ」

「始めるって、俺はどうしたら……？」

「どうにも。要は鏡に映りさえすればいい」

「わ、わかった」

そう答えながらも富次郎は座ったまま、ぴしっと背筋を伸ばす。

璃兵衛は緊張する富次郎の姿を鏡に映すが、鏡の中にいるのは富次郎だけだ。

「なぁ、これって……大丈夫なんか？」

「問題ない。しかし残念だ……幽霊が映ると期待してたんだが」

「こら、璃兵衛。亡くなった人をそんな見世物みたいに言うべきやない」

残念がる璃兵衛に富次郎は言った。

「幽霊が映らへんってことは、ちゃんと成仏したってことなんやろ？　悪いことやないし、それが知れただけでもよかった……急に死んだだけでも辛いのに、ずっと彷徨ってるやなんて余計に辛いからな」

そんなことを言いながら安堵の笑みを浮かべる富次郎にレンはたずねた。

「だが、富次郎の不運についてはどうするつもりだ。まだ続いているのだろう？」

「そうやなぁ……三日前は大工が立てかけてたでかい板がこっちに向かって倒れてくるわ、夫婦喧嘩の仲裁に入った時には嫁が旦那に向かって投げた茶碗が大暴投して俺の顔面に向かって飛んでくるわで。板も茶碗もすんでのとこで逸《そ》れたけど、さすがにまずいて思ったな」

それ以外にもまだ思い当たることがあるのか。

富次郎は乾いた笑みを浮かべていた。

「……まぁ、今度の休みに、どっかの神社に行って厄除け祈願でもしてみるわ。こういうのは気の持ちようとも言うし。ふたりとも俺のことに付き合わせて悪かったな」

この後は家でおとなしくしておくと富次郎は璃兵衛とレンに礼を言い、帰っていった。

「おい……さっきの鏡台の話だが」

「これがどうかしたか」

璃兵衛は布をかけようとしていた鏡台を示した。

「それにまつわる本当のいわくはなんだ？」

「俺はうそを言ってはいない。それを通じてお前にはわかるだろう」

璃兵衛はレンを指さすが、レンはじっと璃兵衛を見たままで話を続けた。

「だが、お前は真実も言っていない。その鏡台は幽霊を映すものであるとお前は言っていたが、ならば、なぜ母親を亡くした幼い娘が鏡に映る？」

――鏡に映る自分と母親を見た娘はたいそう喜んで、その場から離れることなく、ずっと鏡を眺めていたらしい。

富次郎への説明の中で璃兵衛はそう言っていた。

「娘を心配した母親が幽霊になっても娘を見守っている。富次郎はそう解釈していたが、そうではない」

「ほう、ならお前はどう思う？」

璃兵衛は文机に腕をついて、すっかりレンの話を聞く態勢に入っている。

おそらく璃兵衛はわかったうえであのように説明したはずだ。

そのことに少し苛立ちを覚えつつ、レンは話し始めた。

「幼い娘は自分が死んだことに気づかず彷徨い続けていた。だから父親は鏡台を作ったのではないか」

なにも言わない璃兵衛にレンは続ける。

「鏡に映る母と自分の姿を見て、亡くなっていることに気づいて成仏してほしい。そんな思いを込めて……母親が彷徨い続けていることを考えると、その父親が良い夫であったかは不明だが、鏡台を作らせるあたり、少なからず娘を想っていたのはたしかだろう」

「ほぼ正解だ。富次郎よりも同心に向いているんじゃないか」

「くだらないことを言うな。それより、ほぼというのはどういうことだ？」

「父親は娘を愛していたから鏡台を作ったわけではない。娘が亡くなり屋敷で起こり始めた怪奇現象を鎮めるためだ」

怪奇現象の中でもとくに多かったものは鏡台の鏡や椅子、引き出しがひとりでに動き出す、鏡にドレス姿の女性が映ると鏡台にまつわるものだった。

その鏡台は妻に贈った唯一の物で、娘は母親を探して鏡台のそばにいるのではないかと考えた父親は娘の幽霊を鎮めるためにそっくりの鏡台を作った。

「その鏡台がこれというわけだ」

「なるほど……」

「どうしようもなく人間らしいと思わないか」

璃兵衛の口からあきらかにされた真実はなんとも言い難いもので、レンからすれば複雑なところだ。しかし、そうした物にまつわる〝いわく〟の中にあるそうしたところに璃兵衛は惹かれるのだと言っていた。

だが、今の話は富次郎には聞かせないほうが幸せだろう。

無知は恥ずべきものという考えもあるが、時として真実は残酷なものだ。

「それよりも美代の件はどうする。これで終わらせるつもりか？」

「いや。少し気になることもあるからな」

「気になることだと？」

「富次郎に幽霊が憑いていないことはわかった。だが死んだ娘・美代は本当に成仏していると思うか？」

「成仏していないなら、美代はどこにいる？」

「それを確かめに行く必要がある。彼女には弟がいたはずだったな」

翌日、ふたりが訪れたのは美代の父親・忠親の屋敷であった。

城下町から外れたところにあるとは言え、武士というだけあって立派な屋敷で、このあたりで屋敷と言えば、忠親の屋敷を指すのだと忠親の屋敷の場所を聞いた町人に教えられた。

ついでに忠親について聞いてみたが、町人は万が一聞かれてしまっては困るからと言葉を濁すだけだった。

「忠親のことは周囲も知っているようだが、おそれて口を開かないか」

「連日、奉行所に怒鳴り込みに行く男だ。下手に関わりたくないと思うのも無理はない。それに俺が会いたいのはそいつではない。むしろいないほうが助かる」

そんなことを話しているとふたりの目の前で門が開いた。

「璃兵衛様とレン様ですね。富次郎様から話は聞いております」

ふたりを出迎えたのは、まだどこかあどけなさの残る小袖に袴姿の少年だった。

「私が美代の弟・直将《なおまさ》です」

「俺は璃兵衛、こっちがレンだ」

璃兵衛に紹介されたレンを直将は見上げていた。

レンに比べると直将は頭ふたつ分ほど小さく身体つきも華奢なほうだが、これからの成長を秘めた目をしていた。

「レン様は異国の方ですか？」

「あぁ……砂漠に囲まれた暑い国の生まれだ」

「すごい、異国の方とこうしてお会いするのは初めてです」

目を輝かせていたが、そこで直将ははっと我に返った。

「んんっ、失礼しました……私の部屋に案内します」

直将に案内され、璃兵衛とレンは屋敷の中を進んでいく。

屋敷は静まり返り、どこか沈痛な雰囲気がただよっている。

座敷に案内されて腰を下ろすと璃兵衛がさっそく口を開いた。

「早速だが、亡くなった美代のことについて聞かせてもらいたい」

「おい、そんな不躾にたずねるなど」

「いいのですよ、レン様。そのために訪ねて来られたことは承知しております。私の自室にいつの間にか文があった時には驚きましたが……色々な噂をお持ちの璃兵衛様ならば、そうした芸当も可能かと」

「なら話は早い。用がなければ、わざわざこんなところに足を運ぶことはない」

ずいぶんと失礼な言い草だが直将が気を悪くすることはなく、普段通りに話してほしいとまで言っていた。

「姉のことを話すのであれば、まずは矢代家について話さなければなりません」

そう前置きをして、直将は話し出した。

矢代家は代々武士の家系で名のある将軍や大名に仕えていたが、とある戦で負けた大名側に仕えていたことをきっかけに落ちぶれてしまったらしい。

この屋敷を建てたのは直将の曾祖父にあたる人物で、曾祖父は町人や商人と手を取り合い、水路の建設などに貢献したそうで、あえて城下町でなく、ここに屋敷をかまえたのも町人たちの生活をこの目で見て感じるためだったと伝わっている。

そうした歴史もあり、矢代家は町人や商人たちからは一目置かれた存在であり、直将と美代の母親は当時親交の深かった商家から矢代家へ嫁入りしてきたのだった。

「私は曾祖父に直接会ったことはありませんが、町人や商人のために尽力した曾祖父のことを尊敬しています。それは姉も同じでした。ですが、父はそうではなかったらしく……」

父親の話に差し掛かり、直将は言葉を詰まらせてしまった。

「お前の姉が亡くなった原因はなんだったんだ。急死とだけ聞いているが」

「病死でした。姉はもともと身体が弱かったので、それで……」

璃兵衛に直将は答えたものの、膝の上で強く袴を握り締めた。

「私も母も姉は病気で亡くなったと思っていますが、父だけは決して認めようとせず……富次郎様をはじめ、奉行所の皆様にご迷惑をおかけして、本当に申し訳なく思っています」

こみ上げてくるものをどうにかのみ込みながら、直将は語る。

「忠親は娘の死を受け入れることができず、奉行所に怒鳴り込んでいる。それは娘を喪《うしな》った悲しみによるものということか」

「――ちがうな」

璃兵衛はその一言でレンの考えを否定した。

「あれは癇癪《かんしゃく》を起こしているこどもと一緒だ。それにお前は似たような話を聞いたばかりだろう？」

璃兵衛の言葉にレンは昨日の鏡台の話と忠親のことを重ね合わせてみる。

「まさか……」

璃兵衛は隣に座るレンから直将へ視線を移した。

「お前が一番よくわかっているんじゃないか？」

「……えぇ。ですが、どこで気づかれたのですか？」

「姉が死んだわりに淡々としているのが気になった。姉を亡くし、悲しみの淵にいるせいかと思ったが、だとすれば俺がいきなり姉の死について切り出した時にあんなに冷静でいられるはずがない」

璃兵衛がいきなり姉の死について教えろと切り出したのは直将の反応を見るためだったが、直将は璃兵衛の言葉に怒ることも悲しむこともなく答えてみせた。

「お前は姉の死をある程度、冷静に受け入れることができている。しかし姉を亡くしてそう日がたっていないにもかかわらず受け入れられているのは姉が生きている間に何かがあった。おそらく姉に生きづらさを強いるようなことだ。そして、それには父親が深く絡んでいる……ちがうか？」

「……お見事です」

直将は姿勢を正すと口を開いた。

「姉は聡明な人で、弟である私のことを可愛がってくれました。父は姉が男であればどれだけよかったかと事あるごとに言い、母はそのたびに頭を下げていました……姉は男に生まれてこなかった自分が悪いのだとよく母を慰めていました」

「それはずいぶんな言い草だな」

思わずレンはまゆをひそめた。

「えぇ、私もそう思います」

娘の存在を否定する言葉を平然と投げつける父。

自分のせいでと頭を下げる母、自分が悪いのだと母を慰める娘。

そんなふたりを長年見てきたからだろう。

直将の落ち着いた口調からは父に対する嫌悪や怒りがにじみ出ていた。

「姉にそんなことを言っていたくせに、父は己のためだけに姉を嫁がせようとしたのです」

直将はこみ上げてくる怒りをどうにか鎮めようと、強く拳を握り締めていた。

「姉は身体が弱いせいで、子を生すことは難しいだろうと医師に言われていました。そのことは父も知っていたはず……それなのに」

美代の嫁ぎ先は跡継ぎの子を産める娘を求めている武家で、ぜひうちの娘をと名乗りをあげたのが忠親だった。

「私がいた国も親が嫁ぎ先を決めることは珍しくはなかった。しかし子を求めるところに子を生すことが難しい娘を嫁にやれば、娘がどのような扱いを受けるかくらいわからないはずがないであろう」

「ふつうはそうだろうな」

もちろん子がすべてではない。

しかし跡継ぎの関係から子を産めることを嫁の条件に出す家は少なくない。

「父は矢代家を復興させ、かつての名誉を取り戻さんと躍起になっているのです。息子の私から見ても、とても普通だとは思えませんが」

「その復興のための婚姻というわけか」

家柄の高い家に娘を嫁に出せば、その家と親族関係を結ぶことができる。

そうすることで自身と家の地位を上げようと考えたのだろう。

「はい。今の時代に復興も名誉もないという古くから付き合いのある者からの声もまったく聞かず。そもそも、そのような者に家の復興などできるはずないというのに」

「仮にできたとしてもすぐに落ちぶれる。名誉とは他人からの賛辞や人望あってこそ成り立つものだが、忠親にはそれが皆無だ」

「レン様の言われるとおりだと、私も思います。身内すら……自分の娘ひとりさえ大事にできない者に他人がついてくるはずがありません」

「あれが奉行所に怒鳴り込んでいるのは娘が殺されていたほうが、自分にとって都合がいいからか」

美代が病死したとなれば、もともと身体が弱かったことや子は難しいと言われていたことも周囲に知られる可能性が高く、そうなると忠親が都合の悪い事実を伏せたまま、娘を嫁がせようとしていたことがあきらかになってしまう。

そのことを恐れた忠親は自己保身のために娘の死をも利用し、娘の病死を事件にしようと必死になっているのだ。

「それでお前はどうしてほしい？」

「どう、とは……？」

思いもよらない璃兵衛からの問いかけに、直将はふしぎそうな表情を浮かべている。

「俺たちは、ただの唐物屋にすぎない。さらに言えば、俺がこの件を調べる理由は個人的な興味があるから、それだけだ」

「……私の勝手なお願いを、もしも聞いていただけるのであれば」

直将は璃兵衛とレンに頭を下げた。

「どうか、この事態を収束させてもらえないでしょうか……おふたりの噂は耳にしております……たったひとりの姉であり、大事な家族です。ですが、私はそんな姉を守ることができなかった……守ってもらうだけ守ってもらったまま、姉は亡くなってしまった……」

畳の上にぽつぽつと、直将の涙が落ちていく。

「姉の死まで、父に……あいつのいいように使わせたくはない……！」

お願いしますと、直将は涙がしみ込んだ畳に額を擦《こす》りつけた。

「……わかった」

「本当ですか？」

顔を上げた直将に、ふたりはうなずいた。

「あぁ、約束する」

「約束しよう。お前の姉の死を利用させはしないと」

「ありがとうございます……」

直将はふたりに改めて礼を言うと胸元から布の包みを取り出し、璃兵衛に差し出した。

「これを」

受け取った璃兵衛がそっと布を開いていく。

「……赤珊瑚《さんご》のかんざしか」

「はい」

包まれていた一本の玉かんざしを見て、レンはかすかに目を見開いた。

「このかんざしは父が姉に贈ったものですが、なぜか姉はこのかんざしは大事にしていました。亡くなった当日もつけていたので、なにかお役に立てれば」

「姉の形見である大事なかんざしを私たちに預けてもいいのか？」

「そのように言って下さるレン様や、姉の死を利用させないと約束して下さった璃兵衛様だからこそ預けるのです。それにこの家に置いているよりもいいかと思いまして」

「わかった。そういうことなら預かろう」

直将との話も終わり、璃兵衛とレンが直将に見送られて屋敷をあとにしようとしていたところに運悪く帰ってきた忠親と鉢合わせてしまった。

派手な柄の入った羽織と袴は粋な者が組み合わせれば洒落て見えるだろうが、少なくとも忠親には似合っていないうえに、自己顕示のために派手な柄を好んでいるようにしか思えずひどく下品なものに映る。

「なんだ貴様たちは？　誰の許しを得て屋敷に上がり込んだ!?」

「この者たちは私の客人です。大切な客人に失礼な態度を取るのはおやめください」

「客人だぁ？　屋敷に似つかわしくないこんなやつらを屋敷に上げたのか！」

忠親は怒りに任せて目の前にいた璃兵衛の肩を押す。

「っ……！」

その拍子に直将から預かったかんざしの包みを胸元から落としてしまいそうになるが、とっさに手で押さえたおかげで地面に落としてしまうことはどうにかまぬがれた。

「なんだ、それは……？」

押さえた時に包みがずれたらしく、忠親はかんざしをじっと見ていた。

「まさか屋敷にあった物を盗もうとしたんじゃないだろうな？」

「客人を泥棒扱いなど無礼がすぎます！　そのかんざしは私が渡したものです！」

「なら、いいが。しかしかんざしとは」

忠親はじぃっとかんざしを見ていた。

「かんざしをやるような女ができたなら俺に紹介しろ。矢代家にふさわしい女かどうか見極めてやらねばならないからな」

そう言い残し、門をくぐろうとする忠親を呼び止めたのは璃兵衛だった。

「おい、このかんざしに見覚えはあるか？」

「俺に向かって、その口の利き方はなんだ？」

「質問に質問で返すな。見覚えはあるのかないのか、どっちだ？」

「っ、そんなちんけなかんざしなど知るか！」

どすどすと足音を響かせながら、忠親はその場を去っていった。


「どうしようもない男だと思ってはいたが、予想以上だな」

店の帳場にあぐらをかいて座るレンは向かいに座る璃兵衛に愚痴をこぼす。

噂話は誇張が入っていることもわかってはいたが、実際の忠親は噂以上だ。

「子を自分の道具としか見ていない人間はとくに珍しいものではない」

璃兵衛は直将から預かったかんざしを小さな文机の上に置いた。

包みを開いていくと、直将から預かったままのかんざしがそこにあった。

「これだけの大きさの珊瑚は貴重だが、それを覚えていないとは」

紅珊瑚自体は珍しいものではないが紅珊瑚は原木が小さいこともあり、大きな珊瑚は希少で高価なものだった。

「エジプトでは珊瑚はお守りとされていたものだ。こどもの首飾りに使われ、おとながつけると悪い誘惑を跳ね返すと言われていた。もしかすると年頃の娘を守るために贈ったのかとも思ったがちがうようだ」

そのような感情を忠親は娘に持ち合わせていないだろう。

自分が贈ったかんざしを忘れていたのもその証拠だ。

「しかし、お前はそのかんざしをどうするつもりだ？」

「大事にしていたものと聞いて、もしかするといわくつきのものかと思ったが、そういうわけでもなさそうだ」

見たところ、かんざしはまだ新しく、美代が丁寧に使っていたのか。

大きな傷や汚れもなく、大切にしていたことが見て取れる。

「いっそ、このかんざしを富次郎に見せて」

「――おやめください」

突然、女性の振り絞ったような声が聞こえてきた。

店にいるのは璃兵衛とレンのふたりだけで、女性の姿はどこにもない。

「今の声はどこから？」

レンの疑問にこたえるようにかんざしから一筋の煙のようなものが立ちのぼってくる。

そして、それは璃兵衛とレンの前でゆっくりと女性の姿に変わっていく。

ゆらゆらと揺れながらも、こちらに向けられた利発そうな目は直将とよく似ていた。

「お前は美代だな？」

璃兵衛の問いかけに、美代はこくりとうなずいた。

「なるほど……残留思念に近い状態でかんざしに憑いていたせいで鏡台の鏡には映らなかっ

たのか。これは面白い」

「それは幽霊とは、どうちがう？　私には同じものに見えるが」

「今の彼女は幽霊ではなく……おそらく、つくも神に近い」

「つくも神？」

「長年大切に使ってきた物や道具に魂が宿ったもので、精霊に近い存在だ」

妖怪たちを描いた百鬼夜行図などにもその姿は描かれており、大掃除で捨てられた古い道具たちが妖怪に転じ、人間に復讐をする話も伝わっている。

「なるほど、〈バー〉か」

「富次郎を映した鏡が映すのは幽霊。精霊と判断された彼女は映らなかった」

「だが、美代はかんざしと共にあったのではないのか。富次郎のそばに美代がいなかったのであれば、鏡には映らなくても当然であろう」

「いや、彼女は富次郎のそばにいたはずだ。そうだろう？」

美代はずっと何か言いたげな様子で璃兵衛とレンを見ていた。

「言いたいことがあるのならば聞こう。言ってみるがいい」

「……っ、…………」

レンの言葉を聞いた美代は口を動かしてなにかを話し始めるが、なにを言っているのかを聞き取ることはできなかった。

自分の声が届かないとわかった美代もさみしげな表情を浮かべている。

「かんざしに憑いているとは言え、やはり難しいか」

「つくも神だと言っていなかったか？」

「あくまでも近いというだけだ。そもそもつくも神は長い時をへて、大切にされた道具が精霊になったものだ。彼女は思いの強さでかんざしを依り代《よしろ》にこの世に留まっているだけだ」

幽霊でも、つくも神でもない。

そんな中途半端な立場が、美代の存在をあやふやなものにしていた。

このままでは、じきに美代は消えてしまうだろう。

「美代から話を聞く方法はないのか？」

「方法ならある」

璃兵衛はなんでもないことのようにレンに告げた。

「俺が元に戻ればいい」

「なにを言っているか、お前はわかっているのか？」

「彼女はこの世ならざるもの。ならば〝死に近い状態〟になれば話を聞くことはできる」

「たしかにそうだ。だが」

「わかっているなら話は早い。戻すぞ」

薄暗い店の中が一瞬だけ青い光で照らし出され、すぐにもとの薄暗さに戻っていった。

「……今のは、一体……」

「気にするな……」

美代に答える璃兵衛の顔色は普段よりも白いものになっていた。

「っ、私の声が聞こえるのですか？」

「あぁ、ちゃんと届いている」

声が届いているだけでなく先程まではうっすらと透けた状態であった美代だが、今はしっかりとその姿を見ることができるようになっていた。

きっちりと結い上げられた髪に、縦縞模様の青の小袖が良く似合っている。

「璃兵衛様にレン様ですね。私は美代と申します」

自ら名乗ると美代は膝をついて頭を下げた。

ぴんと伸びた背筋と凛とした雰囲気が美しく、忠親とはまったく似ていない。

母親には会っていないが、きっと美代と直将は母親似なのだろう。

「なぜお前はこの世に留まっている？　それも父親からもらったかんざしを依り代として」

「それは……」

璃兵衛の問いかけに、美代は言葉を詰まらせた。

「お前も父親のことは嫌っているだろう」

「あのような父を持ったことを恥ずかしく思います……私の死をきっかけに少しでも改心してくれればと思うのですが」

「気の毒だが、それは無理だろう」

そう切り出したのはレンだった。

「死んだところで人間は変わらない。私はそう思っている」

「お前が言うと深く聞こえるな」

璃兵衛をレンは横目でにらみつけた。

「父の言動を見るとそのようですね……」

「それよりもお前の話を聞かせてもらえるか」

「すでに弟からある程度、聞いているかと思いますが……私は矢代家の長女として生まれました」

璃兵衛にうながされ、美代は自身について話し始めた。

優しい母と弟に恵まれたが、父は美代が男であればよかったと、ことあるごとに母を責め、美代は自身が女であることを申し訳なく思っていた。

「私は身体が弱く、子も生せぬ身体です。結婚することはできないだろうと考えていたのですが、あの日、突然、父が私の嫁入りを決めたと言ってきたのです」

父は酒に酔うといつも以上に横暴な言動になるが、その時だけはひどく上機嫌だった。

「嫁入り先が決まったぞ。相手は武家のひとり息子でなぁ。お前のことを聞いて、ぜひにと」

「あの、父上……先方は私が、その……子を産むのが難しいことは知っているのでしょうか」

「そんなこと言うはずないだろう。向こうは跡継ぎの子を望んでいるのだからな」

「それは相手をだましているということではありませんか！　私は相手をだますような形で嫁に行きたくはありません！」

「お前は黙って嫁に行けばいい。女のくせに小難しい本を読み漁っていたお前なら、子ができんことをごまかすくらいの知恵はあるだろう」

「なんということを！　そもそもこの嫁入りは父上のためのものでしょう!?」

「なんだと……？」

「家の復興や名誉など時代遅れもいいとこです！　それに矢代の名を伝えてきたのも人だというのに父上は人を大事にせず……いい加減、考え直してください」

「わしに口答えするなど生意気な！　お前など、とっとと嫁にでもどこへでも行ってしまえ！　なにがあっても二度とうちには帰ってくるな！」

これが父からの美代への最期の言葉となった。


「その数日後、私は家族の目を盗み、父が決めた嫁ぎ先にひとりで向かうことにしました」

嫁入り先は酔っ払って帰ってきた父がもらしていたため、すぐにわかった。

「跡取りが望めないことを知らず、私を嫁に迎えるなど、あちらの家も父上にだまされているのと同然。そのことがあまりに申し訳なくて」

「その道中でお前は倒れて死んだ、と」

「はい……胸に感じたことのない痛みが走り、その場に倒れたことまでは覚えていますが」

自身の死に際のことを思い出した美代は悲しげに目を伏せた。

「父上は私がどこに向かおうとしていたのか気づいたのでしょう。私の嫁入り先に私の身体について隠していたことがバレないよう、娘は殺されたのだと騒ぎ立てているのです」

忠親の言葉は娘に対するものとは思えないものばかりで、さすがの璃兵衛も気分が悪い。

その言葉をかけ続けられた美代は一体どれだけ傷ついていたか。

しかし美代は父が他の者に迷惑をかけていることを心苦しく思っていた。

「おふたりにはもちろんですが、富次郎様にも本当に申し訳なく思っています」

「なぜ富次郎の名前が出てくるのだ？」

「えっ……」

レンからの問いかけに美代の表情が変わった。

これまでは自分の身に起きた不幸について、どこか他人事のように落ち着いて話していた美代だったが、璃兵衛になぜだと問われてから、目に輝きが戻り、頬はかすかに赤く染まっていく。

「それは、その……富次郎様が、私の件を調べた際に、筆頭になられていたからで」

富次郎の名を口に出した美代はあたふたと戸惑う。

その戸惑いぶりは見ているほうが恥ずかしくなるほどだ。

「気にかけている理由はそれだけではないだろう」

璃兵衛に言われ、美代は観念したようにうなずいた。

「……私は父上のせいで、男性に嫌悪感に近いものを持っていました」

美代にとって男性は女性を自分の思うまま、道具のように扱う存在でしかなかった。

だからこそ同じ年頃の女性たちが心をときめかせている色恋を題材とした物語や歌舞伎には興味を持てず、読むものと言えば小難しい内容のものばかり。

美代が気を許した男性は弟の直将くらいだった。

「私が富次郎様と初めて出会ったのは、ひとつきほど前のことでした」

ひとりで歩いている途中、美代は珊瑚の玉かんざしを落としてしまった。

そのかんざしは父から贈られたもので何の思い入れもなかったが、時々使っているところを見せなければうるさいため、仕方なくつけていたものだった。

かんざしをなくしたことを父が知れば、また色々と言ってくるにちがいないが、人が行き交う町中でかんざしを見つけることなどできるはずがないと諦めかけた時だ。

「すみません、お嬢さん」

突然、声をかけてきたのは美代と同じ年頃の同心だった。

男性に急に声をかけられたことで固まる美代にその同心はなにかを悟ったのか。

少し下がって距離を取ると、再び声をかけてきた。

「このかんざしはお嬢さんのやないですか？」

差し出された手ぬぐいの上に置かれているかんざしは、美代が落としたものだった。

「え、えぇ、そうです……あの、これをどこで……？」

「よかったぁ。やっぱりそうやったんや」

同心はほっとしたように笑った。

「お嬢さんとすれ違った直後になんか落ちる音が聞こえて。見たらかんざしが落ちてたから。あわてて追いかけたんやけど途中で見失ってもうて……いやぁ、もうあかんかと思ったけど見つけられてよかった」

その同心をよく見れば、額にはうっすらと汗をかいている。

「わざわざこれを渡すために、私を追いかけて……？」

「ん？　そうやけど」

当たり前のように言う彼に美代は驚くしかなかった。

「……どうして、そこまでするのですか？　かんざしを落とした私が悪いのですから、放っておいたってよかったのに」

「それはそうかもしれんけど……」

うーんと少し悩んでいた同心が出した答えは単純なものだった。

「俺が嫌やったから」

「え？」

「お嬢さんがかんざしをなくして困るかもしれんへんやろ。それがわかってんのに見て見ぬふりするっていうんは、なんかちがうんやないかなって」

困ったように笑いながら、かんざしを美代に手渡した。

「それにそのかんざし、お嬢さんにきっとよく似合うやろし。やっぱり追いかけてよかった」

目の前で笑う彼は美代が思っていた男性とはちがっていた。

美代は指が震えるのを必死におさえて、かんざしを挿し直す。

すると、それを見ていた彼はやっぱりよく似合うと嬉しそうに笑った。

「ほな、俺はこれで」

「あっ、あの……!」

美代は勇気を出して彼を引き留めた。

名前を知りたいと思ったことも、言葉がすんなりと出てこないのも初めてだった。

「な、名前は」

「富次郎〜! いきなり走り出して、なにしてんねん、早う行くぞ!」

「おう、今行く! すまん、なんやった?」

「いえ……」

仕事中の彼を自分のわがままで引き留めることはできないと、美代は偶然知ることができた彼の名前を口にした。

「富次郎様、かんざしを拾い届けて下さり、ありがとうございます」

「いいって、そんなかしこまらんで。ほな、気をつけて。もう落とさんようにな」

そう言い残して駆けていく富次郎の後ろ姿を美代は見えなくなるまで見送っていた。

(富次郎様……また会えたらいいのに……)

しかし美代のささやかな願いが叶うことはなかった。

「なるほど。お前、富次郎に惚れたのか」

「璃兵衛様の言う通りです。私は富次郎様に恋をしました」

恥ずかしがることも照れることもせず、美代は言い切ってみせた。

「私にとって初めての、そして最後の恋となりました……ですが、私は後悔していません。恋と無縁であった私に最後に恋をさせてくれたことを感謝しています」

「そこまで言い切るならば、なぜ美代はこの世に留まっている？　富次郎を自分のものにしようとでも企んでいるのか？」

恋心を抱いたまま死んだ者が、せめてあの世で結ばれたいと想い人を亡き者にしようとする話は珍しいものではない。

「そんな！　私はそのような恐ろしいことなど考えていません」

「なら、富次郎の不運続きはどういうことだ」

「それは……ある意味、私のせいかもしれません」

「ずいぶんと曖昧な答えだが、知っていることがあるなら、私たちに聞かせてくれるな？」

レンの言葉に美代は肩を落とした。

「……父上が昼夜問わず、奉行所に文句を言いに通っていることはご存じですね」

奉行所の者たちも慣れてきたのか適当に流すようになっていたが、父の話を真剣に聞いて向き合っているのが富次郎なのだと美代は言う。

「来る日も来る日も一方的に暴言を浴びせられ、心身が疲弊しないはずがありません。さらに父上の相手をしているせいで溜まった仕事を夜遅くまで片付けられていて……」

「富次郎の不運は心身の疲れから来る不調が原因か。自覚のない馬鹿ほど性質《たち》が悪い」

富次郎からすれば忠親と向き合うことや自分の仕事をこなすことは、かんざしを拾って持ち主まで届けることと同じく当たり前でしかないのだろう。

「富次郎様にこれ以上、負担をかけることは避けたいのです。先日はどうにかなりましたが、このままでは本当に死んでしまうかもしれない……」

「先日と言うと、たしか板が倒れ込んできたり茶碗が飛んできたりしたあれか？」

璃兵衛に美代はうなずいた。

「板が倒れてくる角度や茶碗の飛んでくる方向を少しだけですが、どうにかずらすことができましたが、私にはそれが精一杯でした」

美代は改めて璃兵衛とレンに向き合うと必死に訴えた。

「父上をどうにかすることはできないでしょうか？」

「どうにかと言われても、あの類いは死んでもねじ曲がった性格と根性が直ることはない」

「そうですか……」

ふたりのやりとりを聞いていたレンは口を開いた。

「私にひとつ考えがある。忠親が美代は誰かに殺されたと訴えているのであれば、直接、美代の口から真実を伝えてやるのはどうだ」

「私から、ですか？」

「そうだ。さらにその場に他の者たちがいれば、その者が証人になってくれるはずだ。さすがの忠親も逃げることはできないであろう」

「ですが、すでに死んでいる私がどうやって真実を伝えれば」

「それについては心配ない。一時的にだが、父親にも美代の姿は見えるようになる」

「お前にしてはなかなか面白い考えだ」

　璃兵衛の口元には笑みが浮かんでいる。

「あいつはどんな顔をするだろうな。自分の娘が幽霊になってあらわれたうえに、他殺ではないと証言されて……だが、どうするかはお前が決めることだ。どうする？」

「――やります」

　美代は迷うまでもなく答えた。

「おかしな話かもしれませんが、私は死んでようやく自由になれたのです。私はもう二度と父上に都合よく使われたくはありません。それにこれ以上、富次郎様に迷惑をかけたくもありません」

「おかしいことなどない。美代のその気持ちは私にもわかる」

「レン様のそばにも、私と似たような方がおられたと？」

どう答えるべきなのか迷っていたレンを見て、美代はさみしそうに笑った。

「どこにでも、そうしたことはあるのですね」

「……あぁ」


計画を実行に移すのは、それから三日後の夜に決まった。

あの後、再び直将を璃兵衛とレンがこっそりと訪ねた際に忠親が屋敷で古い知り合いなどを集めて宴を開く予定があることを聞いたのだ。

そして、その時はやってきた。

忠親の屋敷の広間では知り合いたちが集められて、にぎやかな宴が繰り広げられている。

「娘が亡くなってまだ日が浅いというのに、結構なことだな」

「まったくだ」

璃兵衛とレンは直将から広間に近い部屋を借りて機会をうかがっていた。

直将も宴に顔を出すよう言われているらしく、少し前に部屋を出て行った。

今回の宴は娘を喪った忠親を慰めるためのもののようだが、美代を嫁入りさせて親族としてつながる計画が駄目になったため、直将の嫁を探すことにしたらしい。

しかし参加者たちの話を聞いていると忠親に強制されて参加している者がほとんどで、今回の宴のことも快くは思っておらず、それがせめてもの救いであった。

「いやぁ、そちらのご息女はなかなかの美人だと。どうですか、うちの息子は？」

忠親は耳障りな笑い声を響かせているが、言われた方は顔を引きつらせている。

「父上！　申し訳ございません。姉を亡くした悲しみを癒すために飲みすぎたようで……」

「悲しみだと、なにを悲しむことがある。わしは悲しくなんざないぞ」

足元は覚束なく、大きな身体はふらふらと左右に揺れる。

しかしその目だけは時代遅れの野心に燃えて、妙な光を宿していた。

「わしにはまだお前がおる……なぁ、直将。お前もわしのように矢代家の名を轟かせるのだ、ガハハハッ」

「思っていた以上にひどいものだな」

「人間など皮を剥けば、あんなものだろう」

あまりの内容に怒りをにじませるレンの隣で璃兵衛は平然としていた。

「だとしてもだ。とても娘に聞かせるようなものではない」

「レン様、ご心配ありがとうございます。ですが、私は平気です」

美代は醜悪とも言える父の姿から目を背けることはしなかった。

「あれでも父なのだからと思うようにつとめてきましたが、これで迷いも何もかも断ち切れました。父に引導を渡すまではできずとも、せめて釘をさすくらいは……それが娘である私にできる最後の役目かと」

「そこまでしてやる筋合いはないと思うが……親子とは因果なものだな」

「私も璃兵衛様に同意しますが、最後に父に一泡吹かせてやれるなら、悪くありませんよ」

美代は紅で彩られた口元に勝気そうな笑みを浮かべた。

「強いんだな」

「えぇ。そうでなければ……生きてはいけませんでしたから」

「そろそろだ。準備はできているな？」

「はい」

レンが手を差し出すと、美代はその手を取った。

同時に璃兵衛はふたりの目の前にあった襖《ふすま》を勢いよく開いた。

「なっ、なんだ？」

「余興か何かか？」

突然開いた襖の向こうからあらわれた見慣れぬ格好をした男と白無垢姿の女に、あれだけ騒がしかった広間がシンと静まり返る。

広間にいる者たちの視線が集まる中、璃兵衛は静かに口を開いた。

「お集まりの皆さま方に、本日はちょっとした余興をお見せしようかと」

「お、お前、この間の……！」

「おふたりは私の友人です。本日こちらで宴が催されるとお話ししたところ、ぜひとも余興を披露したいとのことで、私がお招きしました」

「わしに黙って、なにを勝手なことを……！」

「ほぉ、直将様が用意された余興とは」

「どのようなものか楽しみだ」

参加者たちにそう言われてしまっては、忠親も璃兵衛たちを追い出すわけにはいかない。

仕方なく忠親は席に座り、璃兵衛たちをにらみつけるのが精一杯だった。

「くだらない余興ならば、すぐに叩き出してやる」

「ご安心ください。この余興は今宵の宴のために用意した特別なもの。二度と見ることはかないません。皆さまも、ぜひその目に焼き付けてください」

「では……」

レンの言葉とともに一斉に部屋のあかりが消えた次の瞬間、青い炎がレンを包み、その炎はつないだ手を通じて美代にゆっくりと移っていく。

炎が燃え移っていく様子を見ていた参加者は、炎に照らし出された白無垢の女の横顔に気づいて声にならない悲鳴をもらした。

「まっ、まさか、そんなはず……っ」

「うそだろう……」

ざわめきが広間中に広がっていくが、忠親はまだ気が付かない。

「おいっ、なんだ？　一体どうしたんだ!?」

「まだお気づきになりませんか」

人魂のような青い炎が白無垢の女の顔を照らした。

「――父上」

「お、お前……生きて……？」

亡くなったはずの美代の姿をその目に映した忠親は言葉を失った。

「いいえ、父上。私はすでにこの世のものではありません」

美代は膝のあたりに手を置いてみせるが、そこは煙のように揺らぐだけで地についている
はずの足はなかった。

「私がここに来たのは心残りがあるからに他なりません。あの日、私は胸に強い痛みを感じ
て倒れ、そのまま死んだのです。決して誰かに命を奪われたわけではありません」

美代はさらに言葉を続ける。

「私は元々身体が弱く、幼い頃は何度も高熱を出し、急な発作に襲われることもありまし
た」

「おい、お前、まさか」

「そのため、医師にはこう言われました」

「やめろ、それ以上言うな！」

「身体が弱い私が子を生すことは難しいだろうと……あの日、ひとりで出かけていたのは、
その事実を嫁入り先に伝えるためです」

「なんだと？」

「まさか、そんなことを……」

宴には美代の夫となるはずだった者とその父親も参加しており、話を聞いたふたりは忠親

にすぐさま詰め寄った。

「どういうことですか？　彼女が言っていることは本当なのですか？」

「そちらのご息女が、うちの息子にひとめぼれしたというのは作り話だったのですね」

「そ、それは、あの女が勝手に……まさか、わしよりもあの女を信じると？」

これまで忠親が積み重ねてきた信頼など無いに等しく、参加たちはあわてふためく忠親を疑いの目で見ていた。

「……くそっ、あの女は娘の名を騙《かた》る偽物だ！　死んだ者がよみがえるわけがない！」

「私は矢代忠親の長女・美代。まごうことなき、あなたの娘……私がここにいるのは父上、あなたがこれ以上、愚行を重ね、矢代の名に泥を塗らないよう釘を刺すため。それが娘である私にできる最後の親孝行です」

「父親に歯向かうことが親孝行だと……？　ふざけるなっ！」

忠親は怒りで顔を真っ赤にして美代を怒鳴りつけた。

亡くなった娘が目の前にあらわれたとなれば、亡き娘との再会を喜びそうなものだが、忠親にはそうした感情は一切見られなかった。

「お前のせいで、わしがどれだけ恥をかいたと思っている!?　お前が黙って嫁に行っておれば、わが矢代家も安泰だったものを」

「安泰だったのはあなたの立場でしょう？」

美代は忠親を父とは呼ばず、冷めきった目で見ていた。

しかし忠親はそのことには気づかず唾を飛ばしながら怒鳴り続ける。

「黙れ黙れ黙れ！　死んでも、その生意気さが健在とはな……どうせなら子が産める身体になって生き返ってくれれば、まだ使いようがあったものを！」

「父上！　それが娘に、亡くなった者に向ける言葉ですか⁉」

「いくらなんでも、そのような言葉は」

「酷いにも程がある……本当に血のつながった父親なのか？」

耳をふさぎたくなる言葉に直将は叫び、参加者も忠親に非難の言葉を浴びせる。

気丈に振舞っていた美代もあまりの言葉に顔を伏せて肩を震わせる。

「そもそもお前が嫁に行く前に死んだせいで面倒なことになったんだ。せめて嫁に行ってから死んでおればよかったものを……使えない娘が！」

「おい、今の言葉は聞き捨てならん！」

そこにあらわれたのは富次郎だった。

「富次郎様……」

「俺が呼んだ」

「璃兵衛様が？　どうして……？」

「富次郎がいたほうが奉行所への狼藉《ろうぜき》も罪に問えるかと思ってな」

「ふん、使えない同心が、今さら何の用だ？」

「いやぁ、誘われるまま、ほいほい来てみたところに尋常やない声が聞こえてきて。それで来てみれば……なにをしてるんや？」

　いつものにこやかさとにぎやかさはどこに行ったのか。

　静かに富次郎は忠親にたずねた。

「お前には関係ない！　引っ込んでろ！」

「いいや、関係ならある」

　富次郎は呆然とする美代を背中にかばうように忠親との間に割って入った。

「使えない娘、せめて嫁に行ってから死んでろ、やって？　娘に向かって言うことはそれしかないんか？」

「わしの娘にわしがなんと言おうが、勝手だろう！」

「勝手なわけあるか！　あんたの娘はなぁ、人生これからって時に、これからあるはずやった楽しいこと残して死んどるんやぞ!?　それなのに、なんでそんなことが言えるんや!?」

「こいつがわしの顔を潰したからだ！　おとなしく嫁に行くこともなく、親孝行すらせず勝手に死におって。わしからすれば迷惑な話だ」

「……っ、こんの、ボケが！」

「だめです、富次郎様！」

「っ、あんたは」

　あまりの言いように忠親に殴りかかろうとする富次郎を止めようと美代が富次郎の前に立ちはだかった。

すんでのところで富次郎は拳の勢いを殺すが、美代がまとっていた炎に手が触れた富次郎は身体の力が一気に抜け、その場に膝から崩れ落ちた。

「富次郎様!?　富次郎様、しっかり！」

「お美代、か……悪かったなぁ……未練を残してたことに、気づけなくて」

「いいえ。私に未練はありません。あなたのおかげです、富次郎様」

「そうか……ほんなら、よかった……」

富次郎はほっとしたように美代に笑いかけると、そのまま気を失った。

「同心のくせに生意気な……そうだ、こいつが娘に恋慕していて、娘の幻覚を見て、わしに逆恨みをして襲い掛かってきたことにすれば、こいつをクビにでき、わしの立場も」

「それはまた愉快な計画だな」

「どれだけの者を貴様は不幸に追いやってきた？」

突然、音もなく後ろにあらわれた璃兵衛とレンに、さすがの忠親も怯《おび》えた様子を見せた。

「お前はずいぶんと恨みを買っているな。ここまで恨まれているやつはそうはいない」

「な、なにを勝手なことを言う！」

「勝手だと？　どの口が言う？」

「ずいぶんな言い草だ。貴様がしてきたことの責任は取らねばなるまい。なぁ、忠親」

レンと璃兵衛の目がほのかに青く光る。

それは美代がまとっている炎と同じ色だった。

「お、おいっ、な、なんだ、その目は……」

「貴様に残された人生を幸せに過ごせると思うな」

「死後のお前の行く先は」

「――地獄だ」」

ふたりの言葉ともに、忠親は己を焼き尽くさんと迫りくる青い炎を見た。

「ひ、ひぃぃぃぃぃぃ！」

忠親は恐怖が限界を上回ったのか。そのまま気を失い、倒れてしまった。

「富次郎様……」

倒れている富次郎に寄り添っていた美代は手を伸ばす。

しかし美代の手は富次郎の額にふれることはなく、すぅっと富次郎を通り過ぎていった。

「あ……」

「疲れと恐怖で気を失っているだけだ」

「幽霊が苦手なのに、私のために怒って下さるなんて……やっぱり優しい人ですね、富次郎様は」

美代は富次郎の額に再び手を近づけると、額をなでるように手を動かした。

その手つきからは富次郎をひどく心配していると同時に、深い愛情を持っていることが伝わってくる。

「お前が富次郎に憑いて守護霊となれば、そばにいることもできる……そうした話を書物で読んだことがあるが、どうする？」

璃兵衛の言葉を聞いた美代は一瞬迷ったものの、首を横に振った。

「そんなことをしては富次郎様が怖がられるのではありませんか？」

「富次郎の苦手をなくすために、ちょうどいいと思ったんだがな」

「ふふ、璃兵衛様は素直ではありませんね。富次郎様は良い友人を持たれたようで」

くすくすと、この場には似合わない明るく軽やかな声で美代は笑った。

「それに留まっていられる時間も、そう長くはないようですから……」

「姉上！」

「美代！」

「直将、母上……」

「ごめんなさい、姉上……守ってもらってばかりで、私は姉上を守ることができなくて……不甲斐ない弟をどうかお許しください」

「美代、ごめん……本当にごめんね……」

「ふたりとも謝らないで……ねぇ、綺麗でしょう？」

美代は母と直将に白無垢姿を見せるようにくるりと回ってみせた。

「真っ白な着物を着るのは死んだ時だと思っていたけど……ひとめだけでも恋した人にこの姿を見てもらえて、私、嬉しいの」

「綺麗です、姉上……よく、似合ってます……」

「ええ……とても綺麗よ、美代」

涙を流してほほえむ白無垢姿の美代に直将と母も泣いていた。

美代を包んでいた炎は消え、指の先から少しずつ透明になり、消えかかっていた。

「すまない。これ以上、美代をこの世につなぎとめることは難しいようだ」

「レン様、私はすべてを承知の上で、おふたりの手を取りました。死んだ私が家族や富次郎様にまた会えた……これ以上の幸福はありません。ですが、富次郎様に私のことは秘密にしておいていただけませんか？」

「なぜだ？」

「死んだあとの私ではなく、富次郎様が生きる一日のどこかで出会った、ひとりの娘でいたいのです。たとえ富次郎様がかんざしを拾ったことを覚えていないとしても……私にとっては特別で、幸せなできごとでしたから」

「だが……」

「お前が望むならそうしよう」

「ありがとうございます。璃兵衛様」

璃兵衛に礼を言う頃には美代の身体の大半は消えそうになっていた。

「……んっ……璃兵衛か？　俺は……」

「疲れが溜まっていたんだろう。気を失って倒れたんだ」

「……夢を、見たんや。凜とした雰囲気で白無垢が似合う、綺麗なお嬢さんやった。けど、なんやずいぶんひどいことを色々言われとって」

「そうか」

「俺なら、あんなひどいこと、絶対言わん」

「だろうな」

「俺が笑わせるから、笑う顔をそばで見せてくれたら、幸せやなって……そんなこと思うてた……おかしいよな、そんなこと思うやなんて……」

「いいや。おかしいのは元々だからな」

「はは、ひどいなぁ、璃兵衛は……」

富次郎は先程のことを夢だと思っているようで話すだけ話し終えると、再び目を閉じた。

璃兵衛は富次郎のそばから離れると、静かに富次郎を見ていた美代に声をかけた。

「大丈夫か？」

「はい」

美代は気丈に答えるが、その目からは涙があふれ出していた。

「声をかけないでよかったのか？」

これが最後になるだろうことを理解し、美代はうなずく。

「死人には、もったいない言葉をいただきましたから……」

美代は笑うと、そのまま姿を消した。

璃兵衛が近づいてくる足音のほうを見ると、そこにはレンの姿だけがあった。

「美代は逝ったのか」

「あぁ。あとはそれをどうするかだ」

璃兵衛とレンは、意識を失い転がっている忠親に冷ややかな視線を向けた。

「父上のことですが、私たちに任せていただけますか」

ふたりに告げたのは直将だった。

直将の後ろには母親の姿があり、その容姿は美代によく似ていた。

「姉上が最後にやろうとしていたことを、そして覚悟を無駄にはしません」

「なら、俺たちは帰るとするか」

「直将は良き当主となるだろう。当主として励むがいい」

レンは気を失っている富次郎を背負うと、璃兵衛と共に屋敷をあとにした。

直将と母親はふたりが見えなくなるまで頭を下げて見送ると、広間にいる者たちに向き直った。彼らは目の前で起きたことが信じられず、なにも言わずにただ直将たちを見ていた。

「まずは皆さまへ、これまでの父上の非礼を心からお詫びいたします。皆さまが今しがた目にしたように、父上は己の保身と地位のことしか頭にない人間です。そのような矢代の名を汚す者をこれ以上、矢代家当主の座に置いておくわけにはいきません」

広間にいる者たちは直将の話に聞き入っていた。

直将は謙虚でまじめな性格に加え、言葉の端々から才を感じさせる。

矢代家を立て直し、名を上げることも直将ならば夢ではないだろうと、その場にいる誰もがそう考えていた。

「どうか皆さまのお力を私にお貸しいただけますでしょうか」

「母である私からもお願いいたします」

深く頭を下げる直将と母親の姿に心を動かされぬ者はいなかった。


「いやぁ、この前は悪かったなぁ、途中で倒れて運んでもらったみたいで」

璃兵衛の店にやってきた富次郎は先日に比べると、ずいぶんと顔色もよくなっていた。

「矢代家の新しい当主が自分の父が迷惑をかけたって、わざわざ俺のところに謝りにきてくれてなぁ。なんでも父親は謎の病のせいで隠居して、もう戻ってくることはないらしいわ」

「謎の病っていうのは、どんな病なんだ？」

なにも知らないふりをして璃兵衛は話の続きをうながす。

「最初は田舎で静養するって話やったらしいんやけど。世話人が屋敷をたずねたら、『男たちがなんも言わんまま、じっと見てくる』とか言うてな、誰もおらんところに向かって喉を傷めて血を吐きながら怒鳴り続けとるそうなんや……奉行所に怒鳴り込みに来たり、亡くなった娘をひどく言うたりしてたんも、そのせいやったんかもしれんな」

「なんとも恐ろしい病だな」

「それほどの病ならば、長い療養が必要になることだろう」

しかしその病とやらは忠親が死ぬまで、否、死んでも治ることはないだろう。

富次郎から話を聞いた璃兵衛とレンは思った。

「病と言えば、富次郎の体調はよくなったのか？」

「あぁ。おかげでこのとおり、すっかり元気や！」

レンにたずねられ、富次郎は明るく答えてみせた。

富次郎は疲れが相当溜まっていたようで、ぐっすり眠って疲れがとれたことで元気を取り戻すことができたようだ。

「あれからは不運が続くこともないし」

「それはよかったな」

璃兵衛は胸元から包みを取り出すと、富次郎に差し出した。

「お前にと預かった物だ。開けてみろ」

「俺に？」

首を傾げつつも富次郎がゆっくりと包みを開くと、中から出てきたのは美代がつけていた赤い珊瑚の玉かんざしだった。

「……かんざし？」

「あぁ、富次郎さえよければ持っていてほしいそうだ」

璃兵衛とレンは直将と母に預かっていたかんざしを返そうとしたのだが、逆にふたりから〝自由になった姉が家に戻ってくることはない〟〝よければ富次郎様に持っていてほしい〟と告げられたのだ。

富次郎はじっとかんざしを見ていた。

「嫌なら無理にとは言わないが」

「あっ、いや、そうやないんやけど……気を失った時に見た夢に出てきたお嬢さんに似合いそうなかんざしやなって、なんか気持ち悪いよな!?　夢で見ただけやっていうのに」

「夢は時に望みや願いを映すとも言われている。そして忘れられないことは時に供養になり、時に呪いにもなる」

璃兵衛は店に置かれている物たちに目を向けた。

たとえ、まゆをひそめるような、いわくを持っているものであろうとも、その〝いわく〟の始まりは人の想いだ。

「かんざしのもとになったものは魔除けやお守りとして持たれていた」

「さらに珊瑚は私がいた国ではお守りとして持たれていたものだ。このかんざしはお前を守護するであろう」

「そうなんか……しかしふたりとも、なんやかんやいうて、いい相棒同士やな。一蓮托生ってやつや!」

「一蓮托生？　なんだ、それは？」

それはレンが初めて耳にする言葉だ。

「一蓮托生いうんはな、こう、心や体がひとりの人間みたいにひとつていうか、ふたつがひとつっていうか……簡単に言うたら強い絆で結ばれとるってことやな。まぁ、璃兵衛のこと頼むわ！」

「おい、なにを勝手なことを」

「ふたつでひとつか……まあ、あながち間違いではないがな」

富次郎は玉かんざしを手に、薄暗い店から外へ駆けていく。

日の光に目が眩《くら》んだ一瞬、富次郎の後ろで笑う美代を見た。

「今のは」

「お前にも見えたか」

「あぁ……」

今見たものは幻などではないと信じたい。

璃兵衛はそう思った。

# 第二話　食えぬもの

祝久屋蓬莱堂には、今日も客の姿はない。

店にいるのは紆余曲折あって店で働いている異国の青年レン。

そして若き店主の璃兵衛だ。

その璃兵衛はというと定位置である文机の前に座り、真剣な表情を浮かべて自身の手元に視線を落としている。

手元にあるのは木札のようだが、よく見ると木札の上部には人間の頭や顔に似た模様が描かれていることに気づく。

「それは……人形か？」

「人形と言えば人形だが、これは厭魅《えんみ》人形と呼ばれる人形呪術に使われるものだ」

人形を使った呪術は古くは平安時代から存在したとも言われており、この厭魅人形は古くから存在している呪法のひとつである。

「人形を使った呪術で有名なのは藁《わら》人形だが、人形と書いてヒトガタと言われるものもある」

「ヒトガタと人形、呼び名がちがうということはそのふたつは別の物なのか？」

「難しいところだが、どちらも呪詛や祓《はらえ》の儀式に使われるものだ。大まかには同じと思ってもかまわないだろう。ヒトガタは形代《かたしろ》と呼ばれることもあって、形代は人の形をしている木や紙などでつくられた身代わりをさしている」

　呪詛では人形などを呪いたい相手に見立てて釘を打ち付けるなどして傷をつけることで相手を呪う。一方で祓の儀式では病や災いなど、自分についている穢《けが》れを人形などに移して川や海に流すことで穢れを祓う。

　ヒトガタはひな人形の一種である立ち雛のもとになり、後にこどもの穢れを移したひな人形を川に流す流し雛という風習がうまれたとも言われている。

「なるほど……エジプトでは副葬品として人形がおさめられることが多かったが、中でも人の形をした小さな人形・シャブティはあの世で主人の世話をし、主人の代わりに働く召使いとされていたな」

　他にも人形を副葬品として墓の主人と一緒に埋葬する文化は他の地域でも見られ、その中には人間のかわりに人形を埋葬するようになったものもあると聞く。

「さまざまな人形があるが、人形に込められる意味もそれだけ多い。他人には話せないことや吐き出せない想いも、人形相手ならば素直に話せ、吐き出せるということだろう」

　璃兵衛は厭魅人形を元あった棚に静かに戻そうとしていた。

「なんであんたがここにいるんよ！」

「どうしてお前に指図されなあかんねん！」

「大丈夫か？」

「あぁ、なんとかな……」

突然、表から聞こえてきた大声に璃兵衛はもう少しで人形を落とすところだった。

どうにか無事に棚に人形を戻すことはできたが、璃兵衛が静かな怒りを抱いていることにレンは気づいていた。

「しかし、うちの店の前で騒ぎを起こすとは、なかなかの命知らずがいたものだ」

祝久屋蓬萊堂はいわくつきのものを多く取り扱っていることから、あまり人が寄り付かないため、騒がしさとは縁がない。

「お前……」

「なんだ？」

「ずいぶんと言うようになったな」

「私は本当のことを言っただけにすぎないが？」

答えるレンからは嫌味や皮肉めいたものは一切感じられない。

そうしている間にも騒ぎはおさまることはない。

ため息をつき、表に向かう璃兵衛にレンも続く。

格子戸の向こうには若い男女、そしてふたりを囲む老若男女の姿があった。

それだけを見れば痴話喧嘩のように思えるが、璃兵衛は心底面倒だと表情を曇らせた。

「またあいつらか……」

「お前の知り合いか？」

「女は呉服屋の娘の鈴《すず》、男は小間物屋の息子の弥吉《やきち》だ。隣同士にある店だが、昔から仲が悪くてな。顔を合わせるたびにあれだ」

璃兵衛は呆れながら鈴と弥吉に目を向けた。

鈴は亀甲文様の総鹿の子絞りの小袖、弥吉は細めの縞が縦横に走った格子柄の小袖を着ている。

「もうほんっま最悪や！」

「そう言いたいんは俺のほうや！」

鈴はキッと目をつり上げ、弥吉をにらむ。

一方、弥吉も鈴をにらみ、どちらも絶対に引いてなるものかという気概が伝わってくる。

「またやってんなぁ、ふたりは」

「今日はどっちが勝つんやら」

「どうせ、お鈴やろ」

「いやいやぁ、今日はわからんぞ？」

周囲の野次馬たちはふたりの口喧嘩にはすっかり慣れているらしい。

止めようとする者はおらず、面白そうにふたりを見守っているだけだ。

「ほんまありえへん。これから出かけよかって時に、なんであんたの顔なんか見なあかんの」

「それは俺が言いたいことや。なんでお前の出かけるんに合わせて、こっちが気をつかわなあかんねん。俺かて用があるんや！」

今日の口喧嘩の原因はどうやら鈴と弥吉がそれぞれ出かけようとした際に、鉢合わせをしてしまったことのようだ。

「……こどもか？」

「同感だ」

レンから思わず漏れた言葉に、璃兵衛は珍しく同意を示した。

「そんなに仲が悪いんやったら、いっそ引っ越したらどうや？」

鈴と弥吉はそんな声の飛んできたほうを見ると、同時に口を開く。

「「なんで、こっちが引っ越しなんかせなあかんねん!?」」

綺麗に重なった言葉に、思わず周囲から歓声がもれる。

ふたりは互いをキッとにらみつけたかと思うと、ぷいっとそっぽを向いて歩き出した。

「今日も相変わらずやったなぁ」

「それにしても、いつからやっとるんや？」

「さぁ？　たしか爺さん婆さんの代からちがったか？」

「わしはひいひい爺さんとひいひい婆さんからやっとったて聞いたぞ」

「そんなん、お日いさんがなんぼあっても足りんがな。ひいだけに」

「こいつ、うまいこと言いおってからに！」

そんなやりとりに周囲からドッと笑いが起こり、一通り笑い終えると今日もいつものが見られたと、どこか満足そうな顔で散っていった。

「あれはどうなっているのだ？」

レンは理解できないとばかりに璃兵衛を見た。

あれを見るのが初めてであれば、レンのような顔になるのも理解できる。

慣れというのはある意味、怖いものだ。

どこか他人事のように思いながら、璃兵衛は口を開いた。

「どうもなにも昔からあの調子だ。まぁ、お約束と言うやつだな」

呉服屋と小間物屋は古くから隣り合った場所で商いをしていたが仲は悪く、ことあるごとに衝突を繰り返してきたらしい。

その仲の悪さは親から子へ、子から孫へと脈々と受け継がれていき、今は鈴と弥吉がそれを立派に受け継いでいる。

最初の頃こそ喧嘩するふたりを見つけるたびに周囲も仲裁に入っていたものの、毎日のように続くそれに止めることを諦め、次第にその喧嘩を一種の娯楽のようにとらえるようになった。

「昔から仲が悪いということは、深い因果でもあるのか？」

「さぁ、おそらく本人たちも知らないだろうな」

「よくわかっていないというのに、あんなことをしているのか？」

「始まりはとっくの昔に忘れられているにもかかわらず、今までやってきたからという理由だけで続けられている風習も少なからずあるからな」


——その日の夜。

寝静まった町をひとり歩く女の姿があった。

あかりを持っていないのに、女の足取りには一切の迷いがなかった。

やがて一本の路地の前までやってくると、あざやかな着物の裾を翻し、薄暗い路地へと躊《ちゅう》躇《ちょ》することなく駆け込んでいく。

その先に待っていたのは、ひとりの男だった。

夜にまぎれるよう女を待っていた男は立ち上がると、そうするのが当然であるかのように女に向かって、すっと腕を伸ばす。

男を見つけた女は、きらりと目を輝かせて同じように腕を伸ばす。

そうするのが当たり前だとでも言うように、ふたりは互いの腕を絡めるようにして強く抱き締め合う。

男と女の間に言葉はない。

それはどこからどう見ても想いを通じ合わせた恋人たちの抱擁でしかなかった。

しかし、そんなふたりの逢瀬の邪魔をする無粋なあかりがひとつ。

「誰や、こんなとこで、って……」

男は言葉を失い、夢でも見ているのだろうかと思った。

空いている手で自分の頬をためしにひねってみるが、しっかりと痛みを感じる。

なぜ男がそのようなことをしたのかというと、あかりに照らし出されている男女の姿に見覚えがあったからだ。

何なら今日の昼間にふたりを見たばかりだったが、その時の姿からはまったく想像もつかないどころか、天変地異の前ぶれかと思ってしまうほど、男が見ている光景は衝撃的なものだった。

「あんたら、まさか……呉服屋と小間物屋のとこの……？」

ふたりは何も言わず、男のすぐ横をすり抜けるようにして闇に駆けていく。

少し先を走る男は女の手を握り締め、決して離すことはなかった。

その場で呆然としていた男だが、ふたりが駆け出したのとは反対方向へと駆け出した。

「こうしちゃおれん！　これを逃す手はない……！」

家に向かって必死に足を動かす男は浮世絵草紙を書いている、いわゆる作家であった。

しかし有名作家には程遠く、次に書く題材もなかなか決まらず、なにかいい題材が浮かべばと夜の散歩に繰り出していたのだ。

「いける……これは絶対にいけるでぇ……！　ふふ、はははは……！」

不気味な笑い声をもらしながら男は走る。

そんな男を見守る影があることに、男が気づくことはなかった。

「……なんなん？」

鈴がその違和感に気づいたのは、偶然だった。

店で働く者たちの笑顔がやたらいい。

鈴の父が営んでいる呉服屋で働く者たちはみな笑顔がよく働き者ではあるが、それにしても不自然なくらいに笑みを浮かべているのだ。

――商売をする以上、笑顔はいいに越したことはない。

父がよく言っていることで、鈴もそのとおりだとは思うが、それにしてもおかしい。

客に対してよりも鈴を見て、にこにこと笑みを浮かべているのだ。

そして店にやってきた客たちも店の者と言葉を交わし、鈴に気づくといい笑顔を向けてくるのだ。

（売り上げがいいから……？）

理由はわからないが、ここ数日の売り上げがやけによく、それで上機嫌になっているのかもしれないが、だとすれば客が笑顔を向けてくる理由がわからない。

何にしてもここまで続くと、正直怖くもなってくる。

仲のいい者になにかいいことでもあったのかと、それとなく理由を聞いてみたものの、適当な言葉といい笑顔を返されるだけで、鈴が知りたいことはわからないままだった。

両親も似たような調子な上に、うちらに言うことはないんかとわけのわからないことを何度もたずねられ、疲れてしまった鈴はひとりで出かけることにした。

ふだんであれば、誰かついていこうとするところを鈴が断る流れになっていた。

しかし、今日は鈴が出かけようとしていることに気づいても、誰も鈴についていこうとはせず、声をかけてくる者もいない。

(ほんま、なんなんやろ……)

もう何度目になるかわからないことを思いながら、鈴は店をあとにした。

「うちが知らん間に、みんながおかしなってしもた……」

一体なにがあったのだろうか。

妖怪かなにかのしわざだろうか。

「……こういう時って、誰に診てもらったらいいん？　医者……いや、それとお祓いでも頼んだほうがいいんやろか？」

しかし医者に〝最近やけにみんなの笑顔がいいんです〟と相談してみたところで〝それはいいことや〟と返されてしまいそうだ。

お祓いを頼むにしても、一体なにを祓うのか。

それでせっかくの運気を祓ってしまっては店にとって損失しかない。

下世話な話にはなってしまうが、お祓いもタダではないのだ。

——使うべきところに金を使うのはいいが、なにに金を使うかは見極めなあかん。

事あるごとに父はそう言っていた。

父の言葉から考えるのであれば、なにが原因かがはっきりしていない状態で医者だお祓いだに金を使ったところで無駄になってしまう。

まずはなぜみんながあのようになってしまったのか、原因を探るほうが先決だ。

「そっちをはっきりさせるんが先やな！」

少しだけ元気を取り戻した鈴だったが、ちゃんと前を見て歩いていなかったせいで誰かにぶつかってしまった。

「っ、すみません、ちゃんと前見てへんかって」

「いや、俺のほうこそ」

「…………」

ふたりの間に沈黙が流れる。

鈴がぶつかったのは因縁の相手である弥吉だったからだ。

「なんで、あんたがここにいるんよ！」

「仕事や、仕事！」

よく見ると弥吉は風呂敷を手にしていた。

「お得意さんの家に品物を届けてきた帰りや。いつもは店の者が行ってるんやけど、なんや今日は俺に来てほしいて言われてな」

弥吉はため息をついた。

「店の者らはそわそわしとるわ、お得意さんからも言うんは早いほうがいいやの、ようわからんこと言われるわで。どうなっとるんや、一体……」

「あんたのとこも!?」

「お前のとこもか!?」

まさか鈴と弥吉のところで同じようなことが起きているとは、夢にも思わなかった。

鈴と弥吉は互いに顔を見合わせた。

「思い当たることは？」

「あったら苦労しとらんわ！」

「はあ……一瞬でも期待したうちがアホやったわ。あんたがアホなん忘れとった」

「いきなりアホ呼ばわりって、それはないやろ」

いつものように道のど真ん中で言い合いが始まってしまった。

こんなことをしている場合ではないと思いはするものの、ふだんとはちがう周囲に疲れていたこともあり、鈴はいつも以上に言い返してしまう。

「アホにアホって言うてなにが悪いん？」

「それを言うならアホっていうお前のほうがアホやろ」

「こんなんが跡取りやなんて。あんたの嫁さんになった人は大変やろな」

「はっ、はぁ……!?」

弥吉は珍しく言葉を詰まらせた。

いつの間にか鈴と弥吉の周りには円を作るようにして野次馬が集まっており、ふたりの話の行方を見守っている。

「なんなんよ、急に黙って」

「お前が、そのっ、嫁とか、おかしなこと言うからやろ！」

「うちはおかしいことなんか言うてない！」

「そもそも、なんでそんな話になんねん!?」

「それはあんたが期待外れなこと言うからやろ!?」

「期待外れとぁ意味わからんこと言うなや！　言いたいことがあるならはっきり言え！」

「言えるなら苦労しいへんわ！」

相手に負けじと声を張りすぎたせいか。

気づけばふたりとも肩で息をしていた。

「いやぁ、にいちゃん。聞いとったけど、あれはあかんわ」

いきなり弥吉に声をかけてきたのは見知らぬ男性だった。

「いや、あの、どちらさんで……？」

「相手の気持ちも考えたらな。ここはにいちゃんが男を見せる時やろ。なぁ？」

「嬢ちゃんと古い付き合いで恥ずかしいんはわかるけどなぁ。バシッと決めたれ、バシッと！」

　男性の言葉に周囲にいた者たちも深くうなずく。

「な、なぁ、ちょっと、これどうなってんの？」

「ほら、あんたも突っ立ってないで。ああいうのには、はっきり言わな！」

「いっ！」

　バシバシと鈴を元気づけるように背中を叩いてきたのも見知らぬ女性だった。

「そうやで。むしろなぁ、最初にガツンと言うてやらんと」

「あんたも恥ずかしがってばっかおらんで素直にならんと、横からかっさらわれても知らんで。あんたは気づいてへんだけで、このにいちゃん、結構いい男やで」

　――おかしい。

　なぜ見知らぬ人間が自分のことを、さも知っているかのように話しかけてくるのか。

　鈴が思わず助けを求めるように弥吉を見ると、弥吉も動揺している様子だった。

「せやなぁ、ここはバシッと決めてくるわ。なぁ、鈴」

「う、うん！　うちも素直になるし。なぁ、弥吉」

　適当に話を合わせて、どうにか野次馬たちから抜け出すことに成功したふたりは足早に家へと向かった。

「なんなんあれ……なんなんあれっ!?」

「二回も言わんでもわかっとるわ！」

「あぁ、もう！　わけわからん！」

　鈴は頭を抱え、思わず叫んだ。

　わけのわからないことの連続でいい加減、どうにかなってしまいそうだった。

「なんであんな目にあわなあかんねんな！」

「気持ちはわかるけど、落ち着けって」

「うちの気持ちなんかわからんやろ!?」

「そんなことないって。俺かてわけわからんくて混乱しとるんや、これでも」

「絶対うそや！」

「うそやない。お前と何年、腐れ縁してる思ってるんや!?」

「十六年やろ！　生まれてからずっと隣同士なんやから！」

　昔から仲の悪い隣同士だからこそ顔を合わせるたびに喧嘩をしているが、ここまで長い付き合いのある者は他にいないことも事実であり、まさに腐れ縁という言葉がこれほど似合いのふたりもなかなかいない。

「それだけ一緒やったら、お前の気持ちもわかるに決まってるやろ」

「なんや、それ……」

　珍しく言葉の応酬をやめたふたりがまわりを見ると、そこには見知った町人や商人の姿があった。

「きゃあああ！」

「な、なんねん、みんなして!?」

いつもならばにぎやかにふたりを囃し立てているが、今日は固唾《かたず》をのんでふたりを見ていたらしく、鈴と弥吉は彼らがいることに気づくのが遅れてしまった。

「いやぁ、あんたらがまさか、そんなんやったなんてなぁ……」

前のほうにいた年配の女性がふたりの顔を交互に見ると、ほろほろと泣き出した。

「あの、なんで泣いて」

「泣くに決まってるやろ、あんなん知ったら」

「弥吉とそんないい仲になったんやったら、さっさと言うてくれたらよかったのに」

「……はぁっ!?」

弥吉とへたくそな芝居までして逃げてきたというのに、なぜその話題をここでも出されないといけないのか。

「そんなわけないやろ！　そもそも、なんでうちがこんなやつと」

「俺かって嫌に決まってるやろ！　こんな口だけ達者なちんちくりん！」

「誰がちんちくりんやて!?　あんたのほうがちんちくりんやったくせに！」

「それは俺がガキの頃の話やろ。お前がやかましいのは昔から変わっとらんな。シャンシャンシャンシャン、ほんまやかましい鈴みたいやわ！」

「なんやって!?」

「喧嘩するほど仲がいいってのは、このことや」

「いやぁ、このふたりがまさかなぁ……」

「でも考えてみたら、お似合いのふたりやないか」

「だから違うって言うてるやろ!!」

鈴と弥吉は必死に否定するが、周囲はふたりをそっちのけで盛り上がっている。

「そういや知っとる？　最近、話題の戯曲」

「もちろん！　『顔合喧々之愛仲《かおあわせけんけんのあいなか》』やろ。つんつんした娘さんと幼馴染の少年の話で、素直になれへんふたりが少しずつ想いを通じ合わせていって……もう見てて、胸がきゅんきゅんしてもうた！」

「浮世絵草紙から人気に火がついて戯曲になったってやつやろ」

「あの話に出てくるんて、どう見てもこのふたりがもとになってるやんな。いやぁ、最初は驚いたけど……そういうことやったらもとになってるんもわかるわぁ」

「おい、なんやねん、俺たちがもとになってる話って!?」

「そんなん聞いてへん！」

もしかしなくても周囲のおかしな態度は、それが原因ではないのか。

「まぁまぁ、ふたりの秘め事にしときたかったんはわかるけど、いつかは周囲にも言わなあかんことなんや。逆に派手でいいんちがうか」

「そんなわけあるか！　根も葉もない噂流されるわ、勝手に作品のもとにされるわ……ほんまにいい迷惑や！」

「っ、こっちかて迷惑やわ！　うちはもう帰る！」

いつものふたりのやりとりも、今となっては初々しい恋人同士の戯れにしか見えないらしく、ここでもあたたかな笑みで見守られるはめになってしまった。

（もういやや、早く帰りたい……）

鈴を知っている者たちからはおめでとうと声をかけられ、鈴に気づいた人たちはこちらを見てはひそひそと何かを話している。

すっかり疲れ果てて家に戻ってきた鈴だったが、家でも弥吉との中を誤解している母親に詰め寄られ、どうにか部屋に戻った鈴は今度こそ頭を抱えて叫んだ。

「……外堀が埋められてくんやけど！」

猫でもいれば吸って正気を取り戻したいところだが、あいにく猫はいない。

かわりに部屋には陶器でできた猫の人形が置かれているが、さすがに人形は吸えない。

噂によれば、夜に弥吉と鈴が密会をしているところを見た者がいるらしいが、もちろん鈴にはそのようなことをしたおぼえはない。

さらに『顔合喧々之愛仲』という作品が面白いと口コミが広がる形で一気に話題となり、そのことが誤解に拍車をかけているようだ。

鈴はまだ読んだことはないが、お互い素直になれない幼馴染の男女が少しずつ心を通わせていく恋愛話で、登場するふたりが鈴と弥吉によく似ているのだそうだ。

巷《ちまた》ではふたりを題材にしたのではないかとも言われており、ひとめふたりの姿を見ようと店を訪れる者もいるらしく、売り上げが伸びたのはそれが理由のようだ。

「ほんま、なんなんよ……」

弥吉とは隣同士で幼い頃から知っている仲で、顔を合わせるたびに言い合いをしている。

本当にそれだけで、みんなが噂しているような仲ではないのだが、周囲の人間どころか、両親までおかしな噂をすっかり信じ込んでしまっている。

「なぁ、六花《りっか》……うち、どうしたらええと思う?」

鈴は部屋に飾っている張り子の人形に助けを求めてみる。

張り子の人形と言えば犬が多いが、その人形はまっしろな猫を模したもので、鈴がかつて飼っていた猫に似ている。

鈴はなにかあると、昔からこうしてこの張り子に話しかけるようになっていた。

しかし人形がなにかを答えてくれるはずもなく、ただいつもと同じ三日月のような目で鈴を見ているだけだ。

そっと頭をなでてみても、手に伝わってくるのはふわりとした毛の感触ではなく、陶器のつるりとした手触りと冷たさだけだ。

「つくりものやし、仕方ないか……」

そこで鈴は近くにおかしな物ばかりを扱っている店があることを思い出した。

「そうや……あそこやったら、おかしいことも解決してくれるかも……」

店主である璃兵衛も変わり者で、あの世から帰ってきたなど、色々な噂があるが、今はそんなことはどうだっていい。

鈴はこっそりと家を飛び出し、店へと急ぐ。

すると店の前には先客の姿があった。

「なんであんたがいるん!?」

「それは俺が言うことや」

そこにいたのは先程別れたばかりの弥吉だった。

「うちはおかしい噂をどうにかしてもらおうと思ってきただけやし」

「俺かって、そうや。それやのにふたりでいるところを見られたら、またなに言われるかわからんやろ」

「その言葉、そっくりそのまま返すわ」

鈴と弥吉は再び言い合いを始める。

その間に割って入るように、店の中から顔を出したのは璃兵衛だった。

「人の店の前で、ぎゃあぎゃあ騒ぐな。犬猫のほうがまだ行儀がいいぞ」

「あぁ、またあのふたりが来たのか。命知らずなやつめ」

璃兵衛の後ろから気配もなく顔をのぞかせたレンに鈴と弥吉は驚いた様子だったが、レンはとくに気に留める様子もない。

「しかし、どうしてここにいるのだ？　てっきり仲睦まじく過ごしているものと思っていたが……」

「まさかあんたまで、あんな噂のこと信じてんの!?」

「信じるも信じないも、噂はあくまでも噂でしかない。だから私はたずねただけだ。事実とちがうのであれば、それを主張する権利はあるからな」

他の者たちとはちがうレンの反応に、少しだけ鈴は落ち着きを取り戻す。

「……店主も変わり者なら、働いてる者も変わり者なんか？」

「余計なお世話だ」

璃兵衛は弥吉に目を向けた。

「それで一体何の用だ？　ただ喧嘩をしに来たわけじゃないだろう」

「そんなわけないいやろ！　俺がここに来たんは」

「ちょっと！　なんで勝手に先に話そうとしてんの!?」

「俺のほうが先に店主の璃兵衛と話してたやろ！」

「でも店の者と話したのはうちが先やった！」

「また喧嘩が始まったが、このふたりをどうするのだ？」

——ほうっておきたい。

それが璃兵衛の心からの答えだ。

しかし、こどものような言い合いを始めてしまった鈴と弥吉をこのまま置いておけば、いつまで続くかわからない。

「……わかった。ふたり一緒に話を聞いてやる。それでいいだろう」

「いいわけないやろ！　なんでふたり一緒なん？」

「そうや。俺は俺で話をしに来て」

「俺もヒマじゃない。お前たちの相手をするくらいなら、店の品物と向き合っているほうがよっぽど有意義だ。その時間を割いてやってまで話を聞くことが、どれだけ俺にとって損をすることか商人の家に生まれたお前たちにわからないとは言わせない」

損という言葉には弱いのか。ふたりとも黙り込んでしまった。

「どうするか決まったならば、店に入ればどうだ。いつまでも店先にふたりでいると、またあることないことを言われてしまうからな」

レンの言葉に押され、ふたりは店の中に足を踏み入れた。

「これは……」

「すごい……」

昼間でも薄暗い店内には怪しげな道具や見たこともない物が並んでいる。

さらに天井を見上げてみるとガラスでできたランプやぎょろりとした目玉が色鮮やかに描かれた凧《たこ》が吊るされ、さらにどういうわけか椅子が括りつけられている。

「広くないが文句は聞かないからな」

この店に来る客はかぎられており、大人数が居座ることは想定されていない。

　さらに帳場には品物を仕舞っている棚や棚におさまりきらない品物が置かれているせいで、鈴と弥吉は隣同士に座るはめになった。

「なんで、こんなことにならなあかんの!?」

「そう言いたいんはこっちや！」

　言い合いをする鈴と弥吉を向かいに座る璃兵衛とレンが見ていた。

「どうでもいいが物にはふれるなよ。さわるだけで呪われる物もあるからな」

「えっ、ちょっと、呪われるってうそやろ……」

「ちなみに、さわるだけで呪われる物って……」

「さぁ、どれだったかな」

　かすかに顔を青くしたふたりに、璃兵衛はわざとらしくとぼけてみせる。

「そうした物は店の中に数多くあってな。俺もすべては把握しきれていない」

「……」

「……」

　璃兵衛の言葉を聞き、顔を見合わせふたりは途端にぱたりと静かになり、行儀よく座り直した。

「このふたり、意外と気が合うようではないか」

「余計なことを言うな」

　話を聞く中であと何度、こうしたことをしなければいけないのだろうか。

そんなことを思いながら、璃兵衛はふたりに切り出した。

「それでお前たちの相談事は、その根も葉もない噂の元になったお前たちと瓜二つの人間を捕まえてほしいと……だったら、こんなところで油を売ってないで奉行所に行け」

「それができへんから、相談してるんやんか！　一蓮托生なふたりがおかしなことを解決してくれるいうんはうそやったん!?」

「それが人に物を頼む態度か？」

にらまれて黙る鈴を見て璃兵衛はため息をついた。

「あいつ、余計なことを言いふらしているな……」

璃兵衛の脳裏には富次郎の顔が浮かんだ。

「無茶苦茶なお願いやとは思うけど、俺からも頼みます。それに俺たちにそっくりな人間いうんが、人間なんかどうかも怪しくて……」

「今の話はどういうことだ？　人間ではないものの仕業だという証拠はあるのか？」

レンが話の続きをうながすと、弥吉は困惑した表情を浮かべた。

「それが……実際にそっくりなやつを見たって人に話を聞いたんやけど、ほんの一瞬のうちに消えたらしくて……」

「なにそれ。うち、そんな話初めて聞いたんやけど？」

「二丁目のとこのおっちゃんが、夜道で俺たちが抱き締め合ってるとこを見て、思わず悲鳴を上げたらしいんや。けど、次の瞬間にはもう消えとったたって」

「二丁目のおっちゃんのことやし、酔っ払って夢でも見たんちがう？　しかも悲鳴上げるやなんて。うちらのこと、なんや思っててんのやろ」

「その時は酒はのんでんと珍しく素面やったって、おばちゃんが言うとったし。まちがいないやろ」

「ほう……」

先程までとはあきらかにちがう反応を示す璃兵衛にレンが目を向けると、璃兵衛は興味津々といった様子でふたりを見ていた。

「一瞬のうちにいなくなっているか……そうなるとたしかに人間ではなく、幽霊のしわざかもしれないな」

「ゆっ、幽霊……!?」

「そんなアホみたいなこと言わんといて！　うちは、こどもやないんやし！」

幽霊という言葉を聞いて固まる弥吉の隣で、鈴は馬鹿にされたと感じたのか璃兵衛に食ってかかるが、その顔は恐怖でこわばっていた。

しかし璃兵衛はふたりには気にも留めず続ける。

「外国では自分と瓜二つの幽霊が出る話はある。さらに狐や狸は人間に化けるといわれているな」

「じゃあ、一瞬で消えたってことは俺たちとそっくりな幽霊が出たってことなんか？」

「そう言い切るにはまだ早い。正体がわからず、困ったからお前たちはここに来たんだろう。

それなのにこちらが示した可能性をアホ呼ばわりするのは自分勝手がすぎないか」

「……それは、ごめん、なさい……」

璃兵衛に言われた鈴は素直に謝ると、気まずそうにしながらも姿勢を正した。

「まぁ、今回は特別に協力してもいい」

「ほんまか⁉」

「ほんまか⁉」

鈴と弥吉は声を重ねて、思わず璃兵衛のほうへ身を乗り出した。

「ちょうどいいものがある。人数が多ければ、正確さも増すだろう」

「そんなことだろうと思っていた……」

レンは思わずため息をついた。

そもそも璃兵衛がこうした噂に興味を示すはずがない。

興味があるのはこの不可思議な現象、そして〝いわくつきのものが本物かどうか〟だ。

「そういうのを人でなしと言うのだろう？」

「それを言うなら、お前だってそうだろう」

璃兵衛からそう言われてしまえば、レンには反論のしようがない。

「そもそも、うちは悩み事相談所ではない。それをわかったうえで頼ってくるなら、こっちとしても利用させてもらう」

璃兵衛はふたりへと向き直った。

もちろん今のレンとのやりとりも、ふたりの耳にはしっかりと届いていた。

「まさかとは思うが、タダで頼み事をするつもりはないな？」

「それはもちろんや」

「うちもそうや！　けど利用するって、なんなん？」

「お前たちの相談事に、ちょうどいい物がある。それを試させてもらう」

「も、物って……」

鈴が顔を青くするのを見た弥吉も何かを悟ったらしい。

「まさか、お前、呪われた物を……」

璃兵衛がふたりの前に差し出したのは金の指輪だった。

よく見れば指輪本体にはどこの国の言葉かわからない文字が刻まれ、透明な石がひとつはめ込まれていた。

「幽霊が近くにいるかどうかを確認するための指輪だ。幽霊が近くにいれば石の色が変わるらしい」

「こんな綺麗な指輪がいわくつきなん？」

鈴はじっと指輪を見ていた。

「どっからどう見ても、ふつうの指輪にしか見えへんけど」

「綺麗かどうかは関係ない。いわくつきの物や呪われた物と言うと、不気味な造形でいかにもな見た目をしていると思うだろうが、実際はそうとはかぎらない。なぜかわかるか？」

「そんな急に言われても……」

首を傾げて難しい顔をしている鈴をよそに、弥吉は答えた。

「……確実に手に取ってもらうためか？」

「正解だ。そう言えば弥吉は人形を作っているそうだな。店でも好評だと聞くが」

璃兵衛に言われ、弥吉は照れたように頬をかいた。

「作ってるって言っても趣味程度やし、店に置くんは頼まれた時くらいやけど」

「っ、そんな話よりも、なんで綺麗に作るんとそれが関係あるん？」

弥吉が正解したことが悔しかったのか。璃兵衛と弥吉の話をさえぎるように、鈴は璃兵衛に問いかけた。

「お前は綺麗な人形と不気味な人形、どちらを手に取ろうと思う？」

「そんなん綺麗な人形に決まってるやんか」

当たり前のように鈴は答えた。

「それだ。いくら呪いや術を込めようが物を手にしてもらえなければ意味がない。だからこそ美しい装飾がなされている。もちろん、すべての物にそれが当てはまるわけではないが」

美しい花に毒があるとは思わず、まるで招かれるようにして手を伸ばす。

その時点で、すでに呪いに取り込まれているのだ。

「なるほどなぁ……」

「今の話を聞いて気味が悪いとは思わず納得するか。弥吉はなかなか面白いな」

レンにそう言われた弥吉は少し考えてから、こう答えた。

「多分やけど……物を作ってるんもあって、どんな物にでも作った人やそれを買った人の想いは詰まってるもんやって、ぼんやりとは思ってたし。それが呪いとかになるとやっぱり怖いとは思うけど」

「人間が作る物だからこそ、良くも悪くも物には何かしらの想いがこもりやすいとも言えるのだろう。物自体は……そのことをどう思っているかはわからないが」

レンのその言葉を聞いた弥吉は当たり前のように言った。

「俺はいわくつきのものなんて扱ったことないし、わからんけど。大事に扱ってもらえるんなら、きっと物も喜んでると思う……いや、これも俺の勝手な想いなんやけど、できればそうであってほしいなて思ってるんや」

「そうか……」

レンとそんなことを話している弥吉を、鈴は何も言わずに見ていた。

「気になるのか？」

「べつにっ、そんなんとちがう！」

「俺は気になるのかと聞いただけだ。お前が何をどう思っているのかは知らないが」

「人の揚げ足とらんといて！」

「お前がどこで足をとられて、どう転ぼうが俺には関係ない。ただ思うところがあるなら、はっきり言ったほうがいいとは思うが」

璃兵衛は棚に置かれている物へと目を向けた。

「いわくつきのものは、なにもそのすべてが呪われた品ではない。中には持ち主が抱いていた後悔や未練によって、持ち主の死後にいわくつきのものに変じたものも少なくはない」

「そうなん?」

「たとえば、先程話したあの指輪だが、元はただの結婚指輪だった。だが、結婚を目前に控えたある日、不慮の事故で婚約者を亡くしてしまう。悲しみに暮れた男は誰とも結婚することなく、悲しみですっかりやせ細ってしまった指に形見である結婚指輪を死ぬまではめていたそうだ。おそらくだが、男が死んでしまった婚約者にもう一度会いたいという想いが強く、それで指輪が幽霊に反応するようになったんだろう」

「なんか、すごい切ない話やね」

「さっきも言ったが、言いたいことがあれば、くだらないことを考えずにさっさと言っておけ。お前にとって大事なものを、いわくつきにしたいのなら話は別だが」

「だから、うちはべつに言いたいことなんて」

「まぁ、もしもそうなった時には、うちの店で買い取ってやるから安心しろ」

「余計なお世話や!　それよりもそっくりな幽霊の話はどうすんの!?」

「夜中に店に来い。とにかく実物を見ないことにはどうしようもない」

「うちらも行くん!?」

「当たり前だ。それとも怖いのか?」

璃兵衛は煽《あお》るように言うと、鈴はすぐに乗ってきた。

「そんなわけないやろ！」

「弥吉はもちろん来るだろう」

「……あぁ」


その日の夜中。

約束していたとおり、弥吉と鈴は店の前にやってきた。

「一緒に来たのか」

「嫌やったけど、さすがにこんな時間に出歩くんはいい顔されへんから、仕方なくや」

どうやら弥吉は鈴の両親からは、それなりに信頼されているようだ。

「これでも年頃の娘さんやからな」

「これでもってなんなんよ!?」

「そろったなら、さっさと行くぞ。そっくりな幽霊が出た場所まで案内しろ」

「あぁ」

弥吉にあかりを渡す璃兵衛の左手の小指には幽霊が近くにいると石の色が変わる指輪がはめられており、その石の色は昼間見た時から変化はない。

弥吉に案内され、璃兵衛たちは幽霊が目撃された場所へと向かった。

「おっちゃんが言ってたんは、このあたりやな」

弥吉が足を止めたのは何の変哲もない通りの途中だった。

璃兵衛たちはあたりを見回してみるが、とくに変わった様子もなく、他の人の姿もない。

「誰もおらんし、見間違ったんとちがう？」

鈴がおびえながらもあたりを見回していた時だ。

――リン。

「い、今のって……」

「鈴の音だ」

かすかに聞こえたその音に真っ先に反応したレンは音のするほうに向かって走り出す。

レンのあとを弥吉、璃兵衛、そして鈴が追いかける。

「……」

璃兵衛はまるで何かを宙に放つように腕を横に振り払った。

「おい、むやみに〝飛ばす〟な」

「とっ、とばすって……ま、待って……これ以上はついてかれへん……」

さすがに鈴は璃兵衛たちの足には追いつけないようで肩で息をしながら、どうにかあとをついてきていたが、いつの間にか先を走っていた璃兵衛を追い抜いてしまった。

「ちょっと！　大丈夫っ!?」

鈴以上に肩を大きく揺らして息をしている璃兵衛に気づいた鈴は心配になり、足を止めようとするが、そんな鈴を先に行けと璃兵衛は促す。

「大丈夫だ……さっさと、弥吉に、ついていけ……」

「でも……」

「いいから行け。あとから追いつく」

「わ、わかった……けど、無理はしんといてよ!」

鈴は言うと、璃兵衛に背を向けて弥吉のあとを追った。

「はぁっ、はぁっ……」

久しく感じていなかった息苦しさに璃兵衛は止まりそうになる足を叱責し、どうにか前へと動かし続ける。

「くそ……」

思わずそんな言葉が出てくる。

——生きている。

苦しさは、苦しさだけが璃兵衛がここに存在していることを感じさせるものであり、ある種の証でもあった。

顔を伏せて呼吸を整え終えた璃兵衛がようやく顔をあげると、それは璃兵衛のほうへと向かってくるところだった。

天敵に狙われた動物のように食われてなるまいと、必死で逃げてくる男女は璃兵衛がいることに気づくと足を速めた。

　そのままの勢いで璃兵衛のすぐそばを走り去っていくその一瞬だけ見えたふたりは先程まで璃兵衛と一緒にいた弥吉と鈴によく似ていた。

「なるほど。たしかに顔はよく似ているな」

　左手の小指にはめた指輪に目を向けるが、石にはなんの変化も見られない。

　そこでなにかに気づいた璃兵衛が腕を上げると、璃兵衛の前髪を突然吹いてきた風がふわりと揺らすと同時に、かすかにだが先程まではそこになかったはずの重みを腕に感じる。

　そのまま腕を左胸に近づけると腕に感じていた重みは消え、息苦しさも次第に楽になっていく。

「……ちがうな」

　そこにふたりを追いかけてきた弥吉と鈴、その後ろからレンがやってきた。

「さっきのふたりや……間違いない」

「たしかによく似ていた。お前たちのことをよく知らない人間はだませるだろうな」

「感心してる場合やないやろ！　せっかく見つけたけど、逃げられたんやし！」

「お、おい、落ち着けって」

「あんなん野放しにしといたら、今度はなにをするか、わかったもんやないやん！」

　鈴は逃げられてしまったことが相当悔しかったようで、ふたりが逃げ去ったほうをにらんでいる。

「自分にそっくりな幽霊はもうひとりの自分でもあると言われている。深追いするのはやめておいたほうがいい。下手なことをすれば、自分に返ってくる」

「それって……うちがあのそっくりなんを引っ叩《ぱた》いたら、そのまま自分も引っ叩かれるみたいになるってこと？」

「わかりやすく言えば、そういうことだ」

そこで璃兵衛はあることを思い出した。

「あとは自分にそっくりな幽霊を見ると死ぬとも言われている」

まるで明日の天気の話でもするかのように璃兵衛は平然と言ってのけた。

それに驚いたのは鈴と弥吉だ。

「はぁ⁉　死ぬやって⁉」

「そんなん聞いてへんねんけど！」

「私もその話は初めて聞くが、どうして今まで言わなかったのだ？」

レンは璃兵衛をにらむが、璃兵衛はどこ吹く風といった様子だ。

「大したことじゃないだろう」

「お前はもう少し考えて物を言え。人間にとっては大したことであろう」

レンは呆れたように言うが、璃兵衛はとくに反省する様子もなく言葉を続ける。

「それこそ今更だろう。死は平等に訪れる。貧富に関係なく訪れる死こそ唯一の平等だという考え方もあるくらいだ。まぁ、お前からすれば、死は平等でも安寧の訪れでもないかもしれないが」

「それは……」

「もうええ！　わけのわからんことばっか……うちは帰る！」

そう言うと鈴はひとりで来た道を戻っていった。

「待てって！　こんな夜道をひとりでなんて危ないやろ！」

弥吉は璃兵衛とレンに頭を下げると、あわてて鈴を追いかけた。


「なぜ、あんなことを言った」

翌日、いつものように棚の掃除をしながらレンはたずねる。

「あんなこと、とは？」

物憂げに璃兵衛はレンのほうを振り向いた。

「自分にそっくりな幽霊を見れば死ぬと。あれは幽霊ではないと気づいていたのだろう」

「あぁ、お前も気づいていたか」

璃兵衛はまったく悪びれる様子もなく、さらりと答えた。

「出くわした人間の声に反応を見せ、昨夜はお前たちに追いかけられて逃げていた。自分と瓜二つな幽霊であれば、意思の疎通はできないはずだ。それに指輪の石も色が変わることがなかったからな」

つまり話を聞いた時から璃兵衛はこれが幽霊の仕業ではないと気づいていたことになる。

「なぜ、ふたりにそのことを伝えなかった」

「まだ確証がないからだが、ちょうどいい。これから確かめに行くとするか」

「どこへ行くつもりだ？」

「彼女……たしか鈴といったか？　そいつの見舞いだ。昨夜の件で体調を崩したらしくてな。俺を頼ってきた者が寝込んでいるなど、さすがに目覚めが悪いだろう？」

それらしい言葉を並べてみせるが、鈴の心配などしていないことをレンはわかっていた。

そんな璃兵衛をひとりで見舞いに行かせれば、鈴の体調が悪化するようなことをやらかすのはあきらかだ。

「待て、私も行こう」

「ちょうどよかった。見舞いに行く前に合薬屋に寄りたくてな」

合薬屋は薬を扱う店で、客に合わせて薬の調合をおこなっている。

「見舞いの品に薬でも持っていくつもりか」

「まぁ、効き目が出るかはわからないが」


合薬屋に寄り、鈴の生家でもある呉服屋に向かった璃兵衛とレンは、呉服屋の手前にある地蔵堂のそばで町人たちに囲まれる弥吉の姿を目にした。

「昨夜ぶりだな」

「お前ら、どうして」

璃兵衛が話しかけると、町人たちは散っていき、弥吉は安堵の表情を浮かべた。

「鈴が寝込んでいると、鳥からの噂で聞いてな」

「鳥？　あぁ、おっちゃんたちにでも聞いたんか。まぁ、鳥みたいにやかましいからな」

弥吉はレンを怪訝そうな目で見ていたが、自分で答えを出して納得したようだった。

「弥吉も見舞いに行くのか？」

「……おとんたちに言われて仕方なくな。そしたら噂を知ってるやつらに囲まれて。声かけてもらって正直助かったわ……」

鈴ほどではないものの、弥吉も噂に参っているらしい。

言葉や表情に疲れの色が見え隠れしている。

「まぁ、俺たちがいれば虫除けくらいにはなるだろう。なにせ、ずいぶんと好き勝手なことを言われているからな」

「噂話だけで壮大な物語が描けるだろう」

璃兵衛とレンが離れたところからこちらをうかがっている者たちに目を向けると、気まずそうな顔をしてそそくさと退散していった。

「……ふたりはいいんか？　好き勝手なことを言われっぱなしで」

「人の口に戸は立てられない。それなら逆に利用してやるくらいでちょうどいい。店の宣伝もだが、無駄に人が寄ってこなくて助かっている」

「私はここでは何かと目立つからな。だが、弥吉は面白おかしく本心を噂されることを嫌がっているのではないか？」

「そ、れは」

「本当に嫌いならば、いくら年頃の娘と言え、弥吉が送り迎えをしてやることはない。それにここにいるのは鈴を心配してではないのか？　ここならば鈴が出入りしてもすぐにわかるからな」

「……あぁ。俺はあいつのことが、ずっと前から好きやった」

ふたりには隠し通せないと思ったのか。弥吉は観念したように話し出した。

「最初は鈴みたいにやかましくて、うちのとことずっと仲の悪かったとこの娘やくらいにしか思ってなかった。けど、なんやかんやで顔を合わせてくうちに」

「好きになっていたというわけだな」

弥吉の告白を真面目に聞くレンの隣で、璃兵衛はふしぎそうに首をひねっていた。

「これまでさんざん書物で見た筋書きだ。この流れは万国共通のものなのか？」

「人の話を聞いといて、なんやねん、その感想はっ!?」

弥吉は恥ずかしさで顔を赤くしながらも続ける。

「それに、あいつ、小さい頃から身体だけは丈夫で。寝込むなんてほとんどなかったから心配なんや……あいつが寝込んだんは猫がいいひんようになった時くらいやし」

「猫？」

「こどもの頃に猫を飼っとったんや。真っ白で綺麗な猫で、鹿の子絞りの首輪をつけて可愛がってて。けど、急に姿を消して……」

「猫は自分が死ぬ姿を見られないように、飼い主の前から姿を消すと言うが」

「あいつもその話は知っとった。それで落ち込んで寝込んでもうて。俺も飼ってた犬が姿を消した頃やったから、あいつの気持ちがすごいわかって……それで人形を作ったんや」

なにか自分にできることはないだろうか。

それは幼い弥吉が懸命に考えた結果だった。

「たまたま店に出入りしてた職人の中に人形を作れるおっちゃんがいてな。それで教えてもらって見よう見まねで作ったんや」

そうして何とかできあがった白い猫の張り子の人形を鈴に手渡した。

どうにか受け取ってもらうことはできたものの、鈴は何も言わずにぎゅっとまゆを寄せたままだった。

「まぁ、それがきっかけで人形づくりが趣味になったし、今ではちょこちょこ店に置かしてもらえるくらいにはなったしなぁ」

弥吉の小間物屋は身だしなみに関する小物以外に、ちょっとした玩具や人形なども置かれており、人気を博していると聞く。

「初めて作ったから仕方ないとは言え、今から思うと急にあんなもんをもらって困っとったやろな。まぁ、とっくの昔に捨てとるやろうけど」

弥吉は困ったように笑っていた。

「私がいた国には猫の姿をした女神がいるが、その女神は病や悪霊から守るとされていた」

レンの言う女神・バステトはこどもを害するものを退ける家庭の守り神と言われている他に、猫が一度にたくさんの子を産むことから子孫繁栄の神、さらには王の守護者とされている。

「さらに人形は時として祓の儀式とやらに使われるとも聞いた。そうだな？」

「あぁ。さらに張り子の人形、中でも犬張り子は安産やこどもの健康を願うものだ」

「それは……偶然、職人が、張り子が得意やっただけで……」

張り子のいわれなどについて聞いたうえで張り子の猫を鈴のために作ったのであろうことは、今の弥吉の態度から一目瞭然だ。

「お前はいつまでそうしているつもりだ。ここそこ隠れていてもどうにもならないだろう」

「それは……」

「きゃあぁぁぁぁぁぁ！」

「今のは鈴の悲鳴や！」

突如、響き渡った鈴の悲鳴に走り出そうとする弥吉を引き留めたのは璃兵衛だった。

「屋根の上を見ろ」

「あれは……」

璃兵衛の言葉に弥吉とレンは呉服屋の屋根に目を向ける。

すると、そこには弥吉に似た男が鈴を肩に担いでいた。

男は璃兵衛たちを一瞥すると、屋根の上を駆け出した。

「待て！」

駆け出した弥吉を追いかけ、璃兵衛とレンも通りを駆けていく。

屋根から屋根へと鈴を担いだまま飛び移っていく男はその動きと黒の小袖もあいまって、まるで忍《しのび》のようだ。

「無駄にすばしこいな」

「今はあの男を追いかけるしかないだろう。とにかく鈴だけでも助けなければ」

レンと璃兵衛も鈴を攫《さら》った男を追いかけるが、先を走っていた弥吉が急に足を止めた。

「どうした弥吉？」

「ちがう……」

弥吉の言葉が聞こえたのか。男は足を止め、屋根の上から弥吉を見ていた。

「あいつが担いでるんは、鈴やない！」

「なんだと？」

「それは本当か？」

レンと璃兵衛に弥吉は確信を持ってうなずいた。

「あぁ、似てるけどちがう。それにあいつやったら、男に攫われたからって、あんな上品に担がれたままでおとなしくしとるはずない」

「悪かったなぁ！　どうせうちは上品でもおとなしくもないわ！」

弥吉への憎まれ口と共にあらわれたのは鈴だった。

騒ぎに気づいて駆け付けたのか。

髪は乱れ、息を整えようと肩を上下させている。

男の肩から屋根の上に下りた女はじっと鈴を見る。

——弥吉の前にいる鈴と、男に担がれていた女。

ふたりを落ち着いてよく見比べてみると、たしかに目つきなどが少しちがっている。

しかし、そのちがいはわずかと言えるもので、ふたりが別人だと知らなければ見破ることは非常に困難だろう。

「あんたらのせいで……うちらがどんだけ迷惑しとる思ってるんや！」

鈴は屋根の上にいるふたりに向かって、ここ最近の鬱憤を晴らすように叫ぶ。

「俺の話を聞いて怯えていたのがうそみたいだな」

「そりゃあ、怖くない言うたらうそやけど……でも、うちらとそっくりな、ようわからんのに振り回されるほうがもっと嫌やし。寝込みながら色々考えとったら、無性に腹立ってきて」

「なるほど。怒りが恐怖を上回った結果がそれか」

鈴が寝込んでいたのも体調を崩したと言うより頭を悩ませていたせいによるものが大きかったようだ。

璃兵衛は懐から薬包紙を取り出した。

「なんなん、これ？」

「幽霊が正体をあらわす薬だ」

璃兵衛としてはふたりが近づいてきた時に使えという意味で渡そうとしていたのだが、鈴は璃兵衛の説明を待たずに包みを手にとった。

「そしたら、これを……こうしたらええんやなっ！」

鈴は薬包紙を開くと、自分にそっくりな女に向かって包まれていた粉薬らしきものをぶちまけた。しかし屋根の上にいる相手に届くはずがない。

「あれをふたりに届かせればいいのだな」

「あぁ」

それを見ていたレンが屋根の上にいるふたりを指さす。

「なんや、これっ、いきなり風が！」

すると、どこからともなく風が吹き、無残に散っていくはずだった粉薬がふたりのもとに一気に舞い上がった。予期せぬ風の動きに、ふたりはそれを避《よ》けることはできなかった。

「なっ……」

「っ、うぐっ……こ、これは」

先に反応を見せたのは弥吉にそっくりな男だった。

たまらないと顔をしかめ、袖で鼻をふさぎながら女に呼びかける。

「吸うな！　これっ、マタタビだ！」

「マ、マタタビ……?」

マタタビは鎮痛などに効果のある漢方の一種として使われており、璃兵衛が合薬屋に寄ったのはマタタビを手に入れるためであった。

「けど、どうしてそんなもんを?」

弥吉と鈴が驚いている視線の先で女はふらふらした足取りで屋根の上を数歩歩き出したかと思うと、そのまま屋根から足を踏み外した。

「っ……!」

地面に向かって傾いていく女に鈴は声にならない悲鳴を上げるが、女は空中で器用に身体を回転させると、足元からトンと地面に下り立ってみせた。

しかし、そのまま女は身体を揺らし、その場に膝をついて座り込んでしまった。

「お、おいっ、大丈夫……か……」

心配になった弥吉はそばに駆け寄り、言葉を失った。

女の頭には真っ白な猫の耳が生え、裾からは二本に分かれた白いしっぽが見え隠れしている。

「どうなってるんや……」

あわてて手で耳を隠そうとする女に鈴は声をかけた。

「その耳……」

鈴につられて女の頭に生えた猫の耳をよく見てみると、薄い灰色の小さな斑《まだら》模様がひとつある。

「もしかして……六花なん？」

「六花というのは、さっき弥吉が話していた猫の名前だな」

「あ、あぁ……でも、そんな猫が人になるやなんて、そんなことあるわけが」

「や、弥吉ぃ……」

情けない声を上げたのは弥吉に似た男だった。

いつの間にか屋根から下りていた男はマタタビのにおいにやられた鼻がようやくマシになったようだが、頭の上にある黒い耳はぺたりと落ち込んだように折りたたまれ、黒と白が斑に混ざり合ったしっぽもしょんぼりと下がっている。

「そのしっぽの色……まさかお前、力《りき》か？」

弥吉から名前を呼ばれた男はおろおろと戸惑う様子を見せていたが、ごまかせないと悟ったようで、こくりとうなずいた。

「そうか、力かぁ……こんなでっかくなったやなぁ」

「弥吉ぃ……」

数年ぶりの再会に互いを抱き締め合う弥吉と力を横目に、鈴は目の前の女にたずねる。

「じゃあ、あんたはほんまに六花なんやな？」

「そうや……」

女のほうも観念したようにうなずいた。

「っ、六花……」

「鈴……」

こちらも感動の再会になると思われたが、そうはならなかった。

「なにやってんのよ、あんたは!?」

「それはこっちが言いたいわ！」

互いに伸びた腕は相手を抱き締めることはなく、がしりと力強く相手の肩をつかむ。

「大体、ずっと一緒やったのにいきなりいいへんようになるし！　また会えたと思ったら、こんなわけわからんことして！　なんなん!?　うち、六花に恨まれるようなことした覚えなんかないんやけど!?」

「わけわからんって、なんなんよ!?　うちはただ鈴のためを思ってやったのに！」

「はぁぁぁ!?　これのどこがなん!?」

「むしろ感謝してほしいくらいやのに、わけわからんとか。そんなんいう鈴のほうがよっぽどわけわからんわ！」

ギャアギャアと言い合う鈴と六花は、まるで姉妹のようだ。

すっかり感動の涙も引っ込んだ弥吉は力にたずねた。

「なぁ、力。これはどういうことや？」

「えっと……」

「大切に飼われていた犬猫が守り神に変化したんだろう」

「そういうことだったか」

璃兵衛とレンはこの状況に驚く様子もなかった。

「なんでふたりとも落ち着いてるんや？」

「昨日の夜、ほんの一瞬だったが、犬猫の耳としっぽのようなものを見た」

「私は似たような……人間とはちがう気配を感じ取ったからだ」

猫にマタタビを与えると興奮状態や酩酊に近い状態になるため、璃兵衛はマタタビを用意していたのだ。

「ふたりともすごいな。俺なんかよりよっぽど鼻がきいて」

「なにを言うてるんや。俺にとって力は最高の家族で相棒やったんや。おとんやおかんには犬なんか家に上げてって怒られたけど……俺は一緒に暮らせてよかった思ってる」

「弥吉……」

弥吉にほめられた力はなにかを決意した様子で口を開いた。

「あんな、俺、知ってたんや。弥吉が鈴のことを昔から好きやったって。ずっと俺に思い出話と一緒に聞かせてくれとったもんな」

「お、おいっ、いきなりなに言うてんねん！」

突然すぎる力の告白に六花と鈴も言い合いをやめ、力を見た。

「俺も六花も、ふたりには感謝してるんや。ぼろぼろやった俺らを大事にしてくれて。それでふたりと別れたあとも心配で……そしたら大事にしてもらったから、なんや守り神になったとかで。それで俺たちはずっとふたりを見てたんや。俺は弥吉が今も大事に飾っとる俺の絵を、六花は張り子の猫の人形を通じて」

「ずっとって……」

「鈴が人形にさんざん弥吉に素直になれへんて言うてるんも、ちゃんと見とったし聞いとったで。これでその話、何回目やねんてあきれてたけどな」

「いやぁぁぁ！　なんで今それを言うん!?　弥吉がおるんやで!?　もういやや、最悪信じられへん！」

「そんなんやから、いつまでたってもくっつかへんねんろ！」

シャーッと六花はしっぽを逆立てて叫んだ。

「うちも力も、あんたらの話聞いて、もういい加減にイライラしてたんや。しっかり両想いのくせにいつまでやっとんねんて！」

「いや、イライラしてたんは六花だけなんやけど……まあ、俺もずっと心配はしとった。ずっと弥吉がへたれの根性なしのままやったらどうしよって」

「へ、へたれの根性なして……俺のこと、お前、そんなふうに思ってたんか……？」

弥吉よりもおだやかな雰囲気とやわらかな表情をしている力だが、言っていることはなかなか辛辣で、力もそれなりに弥吉に対して思うところがあったことが伝わってくる。

「力を得たお前たちは主人の仲を取り持とうとしたのだな」

レンの問いかけに気まずそうに力は答えた。

「最初はちょっと噂を流せば、ふたりとも素直になるやろて思ってたんや。でも……」

「それでも素直にならんし、もうほんまに頭にきて！　いっそもっと騒ぎを大きくしたら、さすがに動くやろうて思ったんや」

「それがさっきの騒ぎか。たしかにこいつらにはそれくらいで、ちょうどいいくらいだろうな」

「勝手なこと言わんといて！」

鈴は涙を溜めた目で六花をにらみつけた。

「大体、勝手にいいへんようになって、勝手に帰ってきて、知らんうちに勝手なことして……なんで、真っ先にうちに会いにきてくれへんかったんよ!?　ずっと見てたんなら、六花がいいへんようになって、うちがどんなさみしかったかもわかるやろ!?」

「鈴……」

鈴は六花から目を背けると、今度は力を見た。

「弥吉かって、そうや。力がいいへんようになって、さみしそうにしてたのに……それを今更になって、こんなんとか……勝手すぎにも程があるて思わへんの!?」

「そうやな……」

弥吉はぼろぼろと涙を流す鈴の背中を優しく叩いた。

「力たちがそんな姿になれるまで、色々と苦労はあったんやろうけど……それでも、俺たちはもっと早く会えるんやったら会いたかったし、最期までずっと一緒にいたかったんや」

「弥吉、鈴……ごめん」

「うちは絶対に謝らんからな！」

「り、六花ぁ……俺たちがやりすぎたんはほんまなんやし……」

戸惑う力をよそに、六花は三日月のような目でじっと鈴を見ていた。

「なぁ、鈴。それに弥吉もよう聞いとき。勝手にいいへんようになるんは、うちや力だけやないんやで。あんたたち人間かって、なんの前触れもなしにいいへんようになることかてあるんや」

「それは……」

「うちらがいいへんようになって、そのことはようわかっとるはずやろ？　なのに、なんであんたらはさっさと素直にならんの!?　うちや力が……一体、どんな思いで見守っとった思ってるんや！」

気づけば六花も鈴と同じように目から涙をあふれさせていた。

「うちの大事な主人に、っ、鈴には幸せになってほしいんや！　そんなこともわからんの!?」

六花の首元からチリンと音が響く。

それはかつて六花が鈴からもらった鹿の子絞りの首輪についている鈴の音だった。

「俺も六花と同じ気持ちや。弥吉の作るものには大事な想いが詰まってるから」

そう話すと力は首元に下げていた紐を引っ張り出してみせた。

「それは俺が作った名入りの木札……ずっと持っててくれてたんか」

弥吉はうなずくと、大事そうに木札を握り締めた。

「やから俺は弥吉が物を作るとこを見るんも、弥吉が作り出す物も好きやで。けどな、ちゃんと言葉にして言わなあかん想いもあるんとちがうか？」

「あぁ、そうやな……」

「ほら、鈴も」

「うん……」

六花と力に背中を押され、鈴と弥吉が向き合う。

深いため息をつくと璃兵衛は背を向けた。

「最後まで見届けなくてもいいのか？」

「どうなるかわかっているのに見届ける必要はない」

「それもそうだな」

レンが見たのは顔を真っ赤にして見つめ合う鈴と弥吉。

そのふたりを優しい表情で見守っている六花と力の姿だった。


「おい、聞いたか？　ようやくあのふたりがくっついたんやて」

「前から思ってたんや。あのふたりは絶対に結婚するやろうて」

「あんなしょうもない喧嘩ばっかりしとったふたりが、ほんまに立派になって……」

――代々、仲の悪かった隣同士の呉服屋の娘と小間物屋の息子が結婚する。

そんな話が駆け巡ったのは、あの騒動から一か月後のことだった。

話を聞いた町人たちはあれだけ好き勝手にふたりをからかっておきながら半信半疑といった様子だったが、両家が結婚に向けて動いているところを見て、本当に結婚するのだと知り、それはもうふたりが付き合っている噂が出た時以上の上を下への大騒ぎとなった。

そして天候にも恵まれたよき日に鈴と弥吉は結婚した。

やけに早い結婚の背景には〝ふたりがくだらない喧嘩をして心変わりをされては困る〟といった両家の両親たちの思いも多少なりとも関係しているが、ふたりらしくにぎやかで素晴らしい式だったそうだ。

「参加しなくてよかったのか。お前も招待されていたのだろう」

「騒がしい場所は好かない。それに俺みたいなのが行けば、他の参加者が困るだけだ」

「そういうところは意外とわかりづらいな、お前は」

縁起がいいとは言えない噂を持つ璃兵衛が祝いの場に行けば、自分を招待したふたりにも迷惑がかかるだろうと参加を断ったのだ。

「人間はそう単純なものではないからな。しかし、まさか猫と犬が縁結びとは」

璃兵衛は早いうちに瓜二つの幽霊の正体を見破ってはいたものの、さすがにその目的まではわからなかった。

「人の想いからいわくつきのものは生まれるのだろう？　まさにその通りではないか」

レンは帳場に置かれた文机に視線を送る。

そこには一体の張り子の人形が置かれていた。

張り子自体は珍しくはないのだが、変わっているのは題材となっているものだ。

――黒い犬と白い猫。

力と鈴によく似た二匹が仲良く寄り添い合ったその張り子は弥吉が考え、祝いの品として配られたものを弥吉と鈴がわざわざ店に持ってきたのだ。

あれから六花と力はいなくなってしまったそうだが、ふたりはこれまでと変わらず人形と絵にそれぞれ話しかけているのだという。

「ふたりにはずいぶんと振り回されたが……まあ、そのおかげで、いわくつきのものが生まれる珍しい瞬間に立ち会えたからよしとするか」

この犬と猫の張り子はかつて飼っていた猫と犬に背中を押されて結婚を決めたというふたりの馴れ初めとともに〝縁結びの張り子〟として後世に受け継がれていくことになる。

そんなこととは露知らず、文机の上にいる二匹は仲睦まじく寄り添い、まるで主人たちを祝福するかのように幸せそうな笑みを浮かべるのだった。

# 第三話『緑の怪』

新町橋を渡り、大門をくぐった先。

そこにあるのは色町・新町遊郭。

男女の欲望が入り混じり、一夜の夢を求める者たちが訪れる場所であった。

「このような場所は初めてだが、実に華やかだな……」

レンはその異国情緒を感じさせる容姿と格好のせいか。

見世にいる女たちから次々と声がかかる。

「俺だって初めてだ。美女を見るよりも、いわくつきのものを見ているほうがいい」

風呂敷の包みを手にした璃兵衛は周囲を見ると、それに気づいた女たちが意味ありげな視線を向けてくる。

「それに華やかに見える場所にも何らかの影は存在する。お前は指切りを知っているか？」

「あぁ。小指を絡め合うあれだろう？」

「お前が言うように指切りはこどもが約束事をする時におこなう一種の儀式だ。しかしそのもとになったのは江戸の遊郭で誓いの証として女が小指を斬り落とし、男に贈ったことと言われている」

「指を斬り落とすなど、まるで刑罰ではないか。なぜそのようなことをする？」

「一夜かぎりの夢を見続けるにはそれ相応の、時にはそれ以上の対価が必要だったんだろう
……俺から言わせれば指切りもまじないの一種と同じだ。なんせ自分の身体の一部を相手に
送りつけるのだからな」

一方的に話を終えると璃兵衛は足早に目的の場所へと向かう。

そもそもふたりがこのような場所に足を踏み入れることになったのは、店に突然届いた一通の文がきっかけであり、差出人には翡翠屋《ひすいや》の天神・松葉《まつば》とあった。

「まさか俺に天女から文が届くとは」

天神は遊女の中でも最高位にあたる太夫に次ぐ位であり、松葉は翡翠屋の次期太夫と呼び声が高い。芸事に秀でており、なにをさせても一流、その美しさとたおやかさ、そして優しさから、まるで天女のようだと言われている。

「天女か……お前と縁遠い者からどのような文が届いたのだ？」

「詳しくは店で話すとあるが、店で続いている不審死を解決してほしいとあるな」

「不審死とはおだやかではない……それこそ富次郎たちの仕事ではないのか？」

「なんでも遊女や側仕えの禿《かむろ》の不審死が続き、彼女たちのためにも自分が解決したいそうだ。まぁ、無粋なやつらにうろつかれては仕事にならないというのも理由だろうが」

「その言い方だと、他の理由もありそうだな」

「誰かのためというやつは、本物のお人好しか、あるいは本当のところは自分のために損得勘定をしているかのどちらかだ」

「そうすると、その松葉とやらの場合はどっちだ？」

「さぁな。彼女たちは夢を見せるのが仕事とだけ言っておこう」

やがて璃兵衛は一軒の置屋の前で足をとめた。

軒下に揺れる提灯には羽根を広げた鳥の紋が描かれており、翡翠屋と書かれている。

他の置屋はにぎやかで人の出入りも見られるが、なぜか翡翠屋だけは人の出入りも少なく、どこか静かだ。

「おい、ここやろ」

「緑の怪やなんて。聞くだけで恐ろしいわ」

「どうせ死ぬなら、そんな恐ろしいもんの上では死にたないな」

男たちはそんなことを話しながら、そそくさと置屋の前を通り過ぎていく。

「どうやら、ここで間違いないようだ」

璃兵衛が置屋の者に声をかけると、すでに話は聞いていたらしく、階段を上がったところにある、とある部屋へと案内された。

置屋は遊女たちが寝食を共にしているからか。

時折笑い声や話し声が聞こえてくる。

「お待たせしました」

部屋に通されてしばらくして、ひとりの女がやってきた。

置屋で見かけた他の女たちと同じ胴抜き姿ではあるが、どこかちがうように見えるのは目の前に座った彼女が身に着けてきた教養や経験の差からくるものか。

「文を寄越した松葉だな」

「はい。この度はありがとうございます」

畳の上に手をそろえ、松葉は頭を下げた。

その後ろに控えていた少女も同じようにあわてて頭を下げる。

「さっそくだが、話を聞かせてもらおう。不審死が続いていると文には書いてあったが」

「そのとおりにございます。ここ数週間、遊女たちが十人以上、続けて亡くなっているのです」

松葉の話によれば、外傷らしきものは一切見られず、発熱や下痢といった症状が出たかと思えば四肢に紫斑があらわれ、目を真っ赤にしておかしなことを言い出すようになる。

それもぴたりとやむと、つくりものの人形のように一切の表情を失《な》くし、やがて意識が混濁して死に至るという。

「医師には見せたのか」

「もちろん。ですが、医師も匙《さじ》を投げる状態でして……」

レンに答えた松葉は不安そうに視線をさまよわせる。

「他になにかあるなら、すべて話してくれ」

璃兵衛にうながされ、松葉が口を開いた。

「えぇ……それが、亡くなった女たちは位が上がることが決まっていたものばかりで。中には私と同じ天神となる者もいました」

遊女には太夫・天神・鹿子位と階級があり、気に入らない客を拒むことができるなど階級によって許されていることもあった。

「なるほど、犯人ではと疑われているお前は俺たちに文を寄越したわけか」

「それは……！　いえ、それもないと言えば、嘘になってしまいますね」

松葉はそっと目元を袖でぬぐった。

「私はなぜ彼女たちが死なねばならなかったのか……それが知りたいのです。そして次の犠牲者が出る前に真相をあきらかにすること……死んだ彼女たちにできる供養はそれくらいのことですから」

「ならばひとつたずねるが、緑の怪とは、一体なんなのだ？」

レンの問いかけに松葉は困ったように笑った。

「この一連の事件についてです。誰がそう言い出したのか、緑の怪と呼ばれるようになり、置屋には化け物が住んでいると言う者も出てきて……しかも、その正体が私だとも噂されて」

「天女から化け物とはずいぶんな変わりようだな」

「えぇ……」

璃兵衛の言葉に松葉は気を悪くするでもなく答えた。

「ですが、元からここはそういう場所。目の前にいるのは天女か化け物か……どちらになるかはお客さま次第でございます」

「なるほど。それは一理ある」

璃兵衛にほめられた松葉はにっこりと笑ってみせた。

目の前にいるのは天女でも化け物でもない。

手練手管の優れた、ひとりの女だ。

璃兵衛は持っていた風呂敷の包みから、あるものを取り出すと松葉に手渡した。

「これは……銀の杯《さかずき》、ですか……？」

年季は入っているものの、こまめに手入れをされていたようで杯を手にした松葉の顔を映している。

「ただの杯じゃない。まじないのかかった杯だ。客との酒の席ではそれを使うようにしろ。色が変わった場合はそれ以上、その場にあるものを一切口にするな」

松葉はしげしげと杯をながめていたが、どうやらお眼鏡にかなったようだ。

「そういうことでしたら、ありがたく使わせてもらいましょう。他の者たちにはふたりのことは話しているので、聞きたいことなどがあればいつでも聞いてもらえれば」

そう言うと松葉は立ち上がった。

「お前は一緒に調べないのか」

「あいにくですが、私を待っている客がいるので。どうかよろしくお願いします」

ではと松葉は少女を引き連れて、部屋をあとにした。

「あれだけのことを言っておきながら、すべてこちら任せとはな」

「天神ともなると引く手数多といったところなのだろう」

不満そうなレンに璃兵衛は告げた。

「しかし天女とはよく言ったものだ。俺には頭の回る女にしか見えないが」

「どういうことだ?」

「わざわざ俺に文を寄越したのが何よりの答えだ。天女が地獄から追い返された噂を持つ俺みたいな者に文を送れば、それだけで話題になるからな」

「最初からそこまで考えた上だったとすれば、たしかに聡《さと》い女だな」

「とは言え、男たちも噂していたように不審死が起きているのは事実だ」

璃兵衛は胸にたまっていたものを吐き出すように息を吐いた。

「どちらにしても一緒にいないほうが、こっちとしてはやりやすい。疑われている本人が犯人を捜したところで信用はされないだろうからな」

「それは一理ある。しかし、まじないとは、ずいぶんとうまく言ったものだ」

「銀は毒に反応すると説明したところで理解しないだろう」

ヨーロッパの貴族たちは毒殺をおそれて、毒に反応する銀の食器を使っていたという。

「エジプトでも銀は使われていたがお前のことだ。さっき渡した銀の杯もいわくつきのものなのだろう」

「たいしたものではない。あの杯自体はただの銀の杯だ。しかし持ち主が難のあると言うか癖のある人物でな」

持ち主は、とある貴族の男だった。

早くに両親を亡くしたその男は若くして財産と地位を引き継ぐことになったが、自由気ままな放蕩を繰り返していたせいで男は財産を食いつぶし、気づけば男の周囲には誰もいなかった。

友も、婚約者も、愛人も。

かつて男の周囲にいた者は男の金が目当てだったのだが、こうなるまで男は気づくことはなかった。

ようやくそのことに気づき、周囲の者を信じられなくなった男は銀の食器を買いあさるようになった。

それはもしかすると男の中に空いた穴を埋めるためだったのかもしれないが、そのせいで食べ物すら買えなくなり、男は空の食器だけが並ぶ食卓で亡くなった。

「さっき渡したものはその中のひとつだ」

「説明をしなくてよかったな」

「わざわざ丁寧に説明する義理はないからな」

璃兵衛はよくわかっていないようだが、銀の杯にまつわるいわくを話していれば、松葉は素直に受け取らなかっただろう。

そんな会話をしながら、ふたりはひとまず置屋の中を見て回るために外に出ると、他の部屋から顔をのぞかせた女たちが興味ありげな視線を送ってくる。

「ちょうどいい。聞きたいことがある」

璃兵衛の言葉に興味を持ったらしい胴抜き姿の五、六人の女たちが部屋を出て、璃兵衛たちのそばまでやってきた。

「不審死について知ってる者はいるか？」

璃兵衛の問いかけに女たちは顔を見合わせるだけだ。

「ふっ、ふふ……」

しかし、そのうちのひとりが耐えきれないと言わんばかりに吹き出すと、次々と女たちは笑い声をあげた。

「人が死んでいるのだぞ？　恐ろしくはないのか？」

レンは真面目に問うが、女たちはそれすらもおかしいようでなかなか笑い声はやまない。

「だって、今更だから。ねぇ？」

「そうそう。病気や心中やなんやで、しょっちゅう」

「人が死んだくらいで怖がってちゃ、やっていけないしねぇ」

その言葉にそうそうと他の女たちも同意し、明るく笑ってみせる。

「それにどうせ緑の怪の仕業なんでしょ？」

「緑の怪を知ってるんだな」

「そりゃそうよ。ここで暮らしてるんだし」

「あれでしょ。遊女同士の喧嘩で殺された」

「えっ？　あれは失恋が原因で死んだんでしょ？」

「男に裏切られて怒りで死んだって」

緑の怪について女たちから出てくる話はすべて違うものだった。

「その話は誰から聞いた？」

「私は姉さんから聞いたけど」

「なら、その姉さんとやらは誰から聞いたと言っていた？」

「姉さんも姉さんから聞いたって言ってたけど。みんなもそうよね？」

その一言に女たちもうなずき、なぜそんなことを聞くのかとふしぎそうに璃兵衛を見る。

「なるほど。緑の怪は最近になってあらわれたのではなく、昔から言い伝えられていると」

「昔って言っても、この店はそんな古くないけどね」

「たしか女将が店を買い取ったとか」

「えっ、それは前の店の話でしょ？」

一気に花が咲き始めたかのように、女たちは好き勝手に話し出す。

「まぁ、松葉天神がなにかしたのかもしれないけどねぇ」

「わざわざ、こんな人たちを呼ぶとか」

「それはそうだけど、どっちも男前でいいじゃない」

「目の保養よね。ねぇ、せっかくなんだし遊んでいけば」

「もう決まった子はいるの？　いないなら、私なんか」

「ちょっと！　抜け駆けなんて許さないわよ」

目まぐるしく変わっていく話に、璃兵衛とレンは圧倒されるしかなかった。

「あんたたち、なにをやってるんだい？」

そこにやってきたのは五十代ほどの女性だった。

女性に言われた女たちは、ぴたっと話すのをやめた。

「準備もなにもせずにちんたら話してるなんて……ほら、さっさと支度しな！」

「はいっ！」

バタバタと慌ただしく女たちは男を迎える準備をするために自分の部屋に戻っていく。

「悪いね。ずいぶんとにぎやかで」

「いや。それよりもあなたは？」

「私は常盤《ときわ》。この翡翠屋の女将だよ」

「そうか。女将のお前なら、緑の怪については知っているな」

「……あぁ、ついてきな」

常盤に連れられてやってきたのは常盤の部屋だった。

物が少なく落ち着いた部屋で、唯一の装飾品らしい屏風《びょうぶ》が飾られているのが目につく。

そこにはふたりの遊女らしき女が巧みな筆使いで描かれていた。

「さてと、なにから話そうかねぇ」

「緑の怪の仕業とされる不審死についてだが、これまで死んだ者は皆、同じような死に方をしていたのか？」

「あぁ、そうさ。最初は性質の悪い風邪でももらったのかと思ってたんだがね。四肢に紫斑が出て、目を真っ赤にして。おかしなことを言い出したかと思えば、表情らしい表情がなくなって死んでいったよ」

「お前の店の女たちが死んだっていうのにずいぶんと落ち着いているな。女将のお前から見れば商品だったのかもしれないが、それでも一緒に暮らしてれば情のようなものはあるんじゃないのか」

「まったくないとは言わないよ。けどねぇ、そんなもん持ってたら、置屋の女将はつとまらないんだよ」

「なるほど……なら、緑の怪とはなんだ？」

「あの子たちが勝手に言い出したものだ」

「なぜうそを言う？」

レンは常盤の言葉をきっぱりと否定した。

「彼女たちは仕えていた姉から、その姉も姉から聞いたと、そう話していた。勝手に言い出したものが語り継がれるとは思えないが」

「まったく、あの子たちは……」

そう言いながらも常盤が困っている様子はない。

「うそを言ったのは客が減ると困るからだよ。悪かったね」

「ならば、本当のことを教えてくれるな？」

「そう言われてもねぇ……」

レンの追及に常盤は深くため息をついた。

「私だって、くわしいことは知らないんだよ。夢叶うことなく死んだ女が遊女たちを殺している……たしか、そんな噂だったかな」

「そうなると、緑の怪はこの置屋に憑いている怪異ということか。それを知ったうえで、お前は店を買い取ったのか」

「私も元は遊女でねぇ。どうにか返すもんを返し終えて、その時にゃ、帰る故郷も家族もすでになく……さてどうするかって時に声をかけてもらったんだよ。渡りに船ってやつだよ」

これまで歩んできた道のりを思い出すように、しみじみと常盤はつぶやいた。

「悪いねぇ、いつの間にか私の話になっちまって。まぁ、そういうことだから緑の怪の正体は私もわからないんだよ。ただ死んだ禿には悪いことをしちまったね。まだこどもだったのに……」

常盤のそんな言葉で話は終わりを告げた。

「なにかわかったか？」

常盤の部屋を出て、廊下を歩くレンは隣にいる璃兵衛にたずねた。

「しいて言えば、わからないことが多いことがわかったな。話がどこか噛み合っていない」

璃兵衛は難しそうな表情を浮かべた。

「女将は緑の怪の正体を夢叶うことなく死んだ女と言っていたが、俺が置屋に憑いている怪異と言った時に否定しなかった」

「店で死んだ女が緑の怪の正体ならば、常盤に心当たりがあってもよさそうなものだが」

「さらに気になるのが噂とは言え、店の女たちのほうがよっぽど具体的なことを知っていたことだ。女将が知らないのはおかしいと思わないか」

「たしかにそうだな。先程のやりとりを見たかぎり、常盤は彼女たちと険悪には見えなかった。少なくとも置屋の噂ぐらいは把握していそうなものだ」

話が噛み合わないというよりも、どこかでぼんやりと真実を薄められているかのようだ。

「これからどうするつもりだ？」

「偶然、何かがあって、女将が自室を少しの間でも留守にしてくれれば、その間に部屋を見て回ることもできるんだが」

「そこまで言うなら、はっきりと言えばいいものを。どうせまたお前がなにかしたのだろう」

あきれたようにレンがため息をついた直後、置屋の玄関からは派手な物音と怒鳴り声が聞こえてきた。

「一体なんの騒ぎだい？」

部屋から顔を出した常盤が叫ぶと、置屋にいる女があわててやってきた。

「そ、それが、酔っ払いたちが置屋の前で喧嘩を始めたみたいで」

「くだらないことをやってるんじゃないよ、まったく！」

常盤は喧嘩をおさめるために、置屋の入り口へと向かった。

「なにをした？」

「俺はなにも。ただ酔っ払いがなにかに足を取られて転んだのを、お前のせいだと擦り付け合っているんだろう。酔っ払いにはよくあることだ」

今のうちにと常盤の部屋に忍び込む璃兵衛にレンも続く。

先程と変わったところはなにもなく、違いと言えば、部屋の主の不在だけだ。

そんな中、璃兵衛が目をつけたのは古い屏風だった。

「これは……」

常盤の後ろに立てられていたせいで、先程はよく見ることができなかったものだ。

とくに珍しい柄が描かれているわけでもなく、遊女たちの日常の一場面を切り取った絵が描かれているのだが、そこであることに気づいた。

「翡翠屋……？」

屏風の中の置屋の名前は、今、璃兵衛たちがいる置屋と同じ名前だった。

「ここに描かれているのも女将と同じ常盤という名の遊女だな」

レンが指さす先に描かれているふたりの女は身なりからして遊女だろう。

ひとつの鏡をふたりでのぞきこみながら、それぞれ身だしなみを整えている。

自分にはどのかんざしが似合うか、あなたにはこっちのほうが似合う。

そんなやりとりが聞こえてきそうだ。

鏡をのぞきこむひとりのそばには常盤と書かれており、どこか女将の常盤に似ている。

その隣で緑の着物を着た遊女のそばには、こう書かれていた。

「……若菜《わかな》」

――若菜とは誰か？

そして彼女が緑の着物を着ているのは、果たして偶然なのだろうか。

「屏風の具合から推測すると、おそらく十五年くらい前のものだろう」

「それくらいならば、当時のことを知っている者もいるはずではないか？」

新町遊郭では、あちこちで美しい花が咲き誇っている。

その中から当時を知っている者を探すとなると、なかなか骨が折れる。

そんなことを考えていると、廊下のほうからこちらに向かってくる足音が聞こえてきた。

常盤にバレる前にと部屋をあとにした璃兵衛とレンだが、思いがけない目撃者がいた。

「ちょっと、どこにいたんだよ！」

「お前は、たしかさっきの……」

ふたりにあわてて駆け寄ってきたのは、先程話を聞かせてくれた女のひとりだった。

「悪いな。こういう場所に慣れていないせいで迷ってしまった」

「それよりなにかあったのか？」

「松葉天神があんたらをお呼びなんだよ。とにかくすぐに来てほしいって」

「わかった、すぐに向かうとしよう。松葉はどこに？」

「丸屋《まるや》って名前の揚屋だよ！　店の前に丸屋の者がいるから、そいつに案内してもらいな」

急かされるまま店を出て、待っていた丸屋の者に案内され、店に向かった。

あかりが灯っているこの時間であれば、揚屋からはにぎやかな声が聞こえてくるはずだが、今はなぜかシンとしている。

璃兵衛とレンは丸屋の中でもひときわ広い部屋へと案内され、襖を開けてみると料理がのっていた皿や徳利が周囲に散らばり、ひどいありさまだ。

「ほら、とっとと吐いたらどうなんや！」

「な、なな、なんのことやら」

「今更、しらばっくれても無駄や。他のやつらはどうでもいいけど、私まで狙うやなんて」

「だ、だれか、人を、いや、祓い屋を呼んでくれぇ……あの天女のような松葉が、鬼に憑かれて」

「誰が鬼やって？　あぁ？」

「ひぃぃぃぃ……」

部屋の中央には松葉と客らしき男の姿があったが、客の男は松が描かれた打掛を着た松葉に胸倉をつかまれている。

「なるほど。天女か化け物かとはこういうことであったか」

「まぁ、客にとってもいい勉強になっただろう」

黙って見ていた璃兵衛は松葉に声をかけた。

「そろそろ離してやったらどうだ。俺たちを呼んでいたんだろう」

そこで松葉はようやく客の男から手を離して、璃兵衛とレンを見た。

「……あぁ、よかった。ふたりとも来てくれたんですね」

先程までとは別人のような変わり具合に、客の男は思わず目を見開いた。

「ま、松葉……？」

「あぁ、ごめんなさい、旦那様」

松葉は白魚のような手で客の男の頬を優しく撫でた。

「緑の怪は知っているでしょう。私、自分が次に狙われるんじゃないかって、毎日、本当に恐ろしくて不安で……」

さめざめと袖で目元を隠すようにして泣く松葉を、なにも言わずに男は見ていた。

「あまりの恐ろしさのせいか、時々、あぁなってしまうことがあって。自分でも恐ろしいのに旦那様にあんなことをしてしまうだなんて……嫌われても仕方ありません。けど、私、旦那様にだけは嫌われたくない。あなたに嫌われるのが一番怖い……」

「だ、大丈夫だ、松葉！　俺がお前を嫌うことなんて絶対にありはしない」

「本当に……？」

「本当だ。怯えながら過ごすのは辛いだろう。だから、もう少し待っててほしい。必ずお前を迎えに来るから」

「はい、旦那様を信じてお待ちしております。ただ、今日のところは、どうかもうお引き取りを……あんな姿を見せたくないのです……」

「わかった、松葉がそう言うのなら、今日は帰るよ。また近いうちに会いに来るから」

客の男はそう言うと、部屋をあとにした。

「ずいぶんといい男を客に持っているな」

「都合のいい、の間違いではないのか？」

璃兵衛にレンは思わず指摘するが、ふたりのやりとりに松葉は笑うだけだった。

「それをわかったうえで、うまく転がされながら遊ぶのが、いい男というものですから」

「なるほど。それよりどうして呼び出した？」

「これを……」

松葉が差し出したのは璃兵衛が渡したあの銀の杯だ。

見れば側面の何か所かが黒ずんでいる。

「なるほど、毒だったか」

「毒!?」

璃兵衛の言葉に、松葉は青ざめる。

「どうして言ってくれなかったんですか!?　私、死んでたかもしれないのに」

「落ち着け。確信がないから言わなかっただけだ。それに松葉に教えて、犯人に気づかれたら意味がないからな」

「そうなると犯人は、さっきの客の男か？」

「それはおそらく違うかと」

レンの考えを松葉は否定する。

「先程、あの人に詰め寄った時にこっそりと銀の杯をふれさせてみたのです。毒を持っていれば杯は変色するはず……ですが、杯に変化はありませんでした」

「客に詰め寄っていたのはそのためだったか。なかなか肝が据わっているではないか」

「そうでなければ天神はつとまりませんので」

レンにほめられた松葉は微笑んでみせた。

「改めて聞くが、お前以外にこの杯にふれたやつは誰だ？」

「私以外ですと、さっきの客くらいしか……」

そこでレンは口を開いた。

「側に仕えているこどもはどうなのだ？」

「こども……あぁ、お前が言っているのは禿のことか」

「なるほど。あの側仕えのこどもは禿というのか」

「側仕えがいることはとくに珍しいことじゃない」

なにを今更と不思議に思う璃兵衛にレンは言う。

「いや、側仕えの禿とやらもその杯にさわったのではないかと思ってな」

そこにいるはずなのに見えていない人間。

当たり前は時として、その存在を消してしまう。

「酒や器の準備は禿がやったのか？」

「え、えぇ……でも、まさか、あの子が毒を？」

「その様子だと、なにか心あたりでもあるのか？」

「……緑の怪で死んだ禿は、あの子と仲のよかった禿で……もしかしたら、あの子は緑の怪を見つけて、復讐しようとしてるのかもしれません。それで私が緑の怪の正体だと思って毒を……」

「禿は今、どこに？」

「わかりません。銀の杯の色が変わったことに気づいて、あなたたちを呼んでくるように言ったのですが、まだ帰ってきてないようで……」

杯が変色したということは、松葉の禿はなんらかの形で毒にふれている。

早く見つけなければ、命を落とすかもしれない。

「とにかく松葉の禿を捜すぞ」

松葉の禿を見た者がいないかをたずねるために置屋に戻った璃兵衛とレンは、置屋の廊下で禿を見つけた。

八歳くらいだろうか。美しい振袖をまとってはいるが幼さがまだ残っている。

「お前、松葉の禿だな」

突然、璃兵衛に声をかけられた松葉の禿は丸い目をさらに丸くする。

「なにをしていた」

「え、えっと……」

「銀の杯にさわったか」

「あの、私は、その……」

矢継ぎ早に繰り出される璃兵衛の問いかけに禿はうまく答えられず、戸惑うだけだった。

「やめておけ。怯えているだろう」

振袖の袖からのぞく禿の手が震えていることに気づいたレンは璃兵衛をいさめる。

「俺はただ問いかけているだけだ。なにを怯えることがある。怯えているのはお前に対してじゃないのか？」

璃兵衛と視線があった途端、禿はびくりと肩を揺らし、レンの後ろに隠れてしまった。

「私ではなく、怯えられているのはお前のようだな」

レンはその場にしゃがみ込んで禿と視線を合わせると、璃兵衛のかわりにたずねた。

「怖がらせてしまって悪かった。私がかわりに謝ろう」

「お兄さん……よそから来た人？」

「あぁ、私はよそからこの国に来た」

「すごい……そしたら海を渡ってきたんや！」

禿は目を輝かせてレンを見た。

「うち、海は見たことあるんやけど、海を渡ったことはなくて……けど、海の向こうにはキラキラしたものがいっぱいあるって」

「悪いが、今はそんな話をしてる場合じゃない」

話をさえぎってきた璃兵衛に禿は一瞬怯えた様子を見せるが、今度はレンの後ろに隠れることはせず、じっと璃兵衛の顔を見る。

「……なんだ？」

「怖いお兄さんの目……よく見たらちょっと海みたいで、きれい……」

「綺麗、か……そんなことを言われたのは初めてだな」

そのやりとりを聞いていたレンは禿に話しかけた。

「お前の名はなんというのだ？」

「千歳《ちとせ》」

禿は名前を聞かれたと思ったのか、自分の名を口にした。

「そうか。千歳というのか」

名前を口にされ、千歳はうなずいた。

「私たちに教えてほしいことがある。千歳は松葉が持っていた銀の杯にさわったか？」

「……運ぶ時に、お膳から落としそうになって、それで」

「そうか。ならばもうひとつ聞くが、銀の杯にさわる前に千歳は何にさわった？」

「それは……」

先程までレンに親しげに話していた千歳は視線をさまよわせた。

「千歳から聞いた話は決して他言はしない」

「ほな、指切りして」

千歳はレンに自らの小指を差し出してくる。

璃兵衛から聞いた指切りの意味を思い出し、どうするべきかと悩むレンを千歳は不安げに見つめた。

「……やっぱり松葉ねえさんには話すん？」

「いや、松葉にも話さない。約束しよう」

不安がなくなるのであればとレンは千歳の小さな指に小指を絡ませた。

指切りの唄を歌い終え、千歳は手を離した。

「……こっち」

袖を揺らしながらパタパタと足早に進む千歳の後ろにレンと璃兵衛が続く。

廊下の行き止まりまでやってくると、千歳は目の前にある壁の数か所を叩いていく。

すると、壁の中でかちりと音がし、壁が引き戸のように開いた。

「まさか置屋が、からくり屋敷だったとはな」

さすがの璃兵衛もこのようなからくりを目にするのは初めてだ。

「こんな仕掛けがあるとは、そこまでして守りたいものがこの先にはあるのか」

千歳は迷いなく壁の中に入っていき、ふたりもそれに続く。

璃兵衛の後ろで引き戸がひとりでに閉まると、木の板が動くような音とともに璃兵衛たちがいる空間が少しずつ明るくなっていく。

璃兵衛がいる場所は広間のような部屋で、中央にある衣紋掛《えもんか》けには美しい緑色の打掛がかけられていた。緑の打掛には四季の花が咲き誇り、その周りを舞う美しい蝶の姿もある。

一目見ただけでも贅を尽くして作られた一枚であることが伝わってくる。

「これにさわった」

「この着物は松葉の物か？」

「ううん。誰の着物かもわからんけど、選ばれた太夫しか着たらあかん着物やって」

「わからないだと？」

璃兵衛に千歳はうなずいた。

「どうして千歳はこの着物のことを知っている？」

「この前、亡くなった子から聞いてん。うちは七歳の時に店に来て。その子も同じ時に店に来て同い年やったから一番仲が良くて。そしたらその子は絶対に内緒やって言われたけど千歳やから特別に教えたげるって、ここのことを教えてくれて……うちはやめたほうがいいって言ったんやけど、こんな着物着たことないって」

「その禿は忍び込んではこの着物を羽織っていたと」

「うん……けど、なんか怖くなって。あの着物のことも、部屋のこともぜんぶ忘れようって。でもあの緑の着物のことばっかり考えるようになって……気づいたらあの部屋にいて着物をさわってて。さっきも知らんうちにあの廊下にいて……」

千歳は自分でもなぜそんなことをしたのかわからないといった様子だった。

「千歳が正直に話してくれて助かった。だが、松葉はなぜこの部屋を知らないのだ？」

レンの問いに千歳もふしぎそうに首を傾げた。

「わからん……仲良かった子も誰から聞いたかは、絶対に教えてくれんかったし……」

璃兵衛は懐から銀の杯を取り出すと、着物にふれさせた。

着物の緑と璃兵衛の瞳の青が映り込んだ杯はふしぎな輝きを見せるが、それも一瞬のことだった。

「そうか……そういうことだったか……」

璃兵衛たちが部屋を出ると、後ろでゆっくりと引き戸が閉まっていき、そこは元あった行き止まりになった。

「お前もそろそろ戻ったほうがいいだろう。天神になにか言われたら俺たちに足止めされていたと言えばいい」

「うん……」

璃兵衛にうなずくと千歳はあわてて松葉がいる丸屋へと向かった。

「しかし、まさかこんなからくりがあったとはな」

「よっぽどあの着物が大事なんだろう。エジプトのピラミッドにも隠し部屋が作られ、内部の構造は複雑なものになっていたはずだ。それらは盗掘を防ぎ、ミイラや副葬品を守るためのものだった」

「守るためか……」

翌日の夜、璃兵衛がレンと共に向かったのは常盤の部屋だった。

突然、部屋に押し入るようにしてやってきた璃兵衛たちを見ても、常盤は冷静だった。

「なんだい、またあんたたちか」

「この一連の騒動はお前が発端だな」

「なにを言い出すのかと思えば、どこに証拠があって、そんなことを」

「証拠ならある」

レンが懐から取り出したのは一枚の浮世絵だった。

その浮世絵は常盤の後ろにある屏風とよく似たもので、そこには常盤という名前の遊女ともうひとり、若菜という遊女が描かれている。

「常盤と若菜。ふたりはずいぶんと有名な遊女だったそうだ。今でもよく覚えていると話してくれた者が何人もいてな。この浮世絵もそのうちのひとりが持っていたものだが、ここに描かれている常盤はお前のことじゃないのか？」

「そんなもの偶然だろう。常盤なんて名前の遊女は腐るほどいるよ」

「なら、翡翠屋という名前はどうなんだ」

璃兵衛が切り込むが、常盤は何を言っているのかと鼻で笑ってみせた。

「どうって言われてもねぇ。私がこの店を買い取った時につけた名前、それだけさ」

「本当にそれだけか？　ちがうだろう。お前が名前をつけたんだ、かつて若菜と話していた店の名前を」

「っ、どうしてそれを……！」

常盤が落ち着きを崩し、声を上げたのがなによりの証拠だった。

「何年か前にも常盤という遊女のまわりで次々と死人が出ている時期があったそうだな。緑の怪で死んだ女たちと似たような症状、さらに死んだのは位が上がることが決まっていた遊女ばかり。さらにその常盤という遊女は行方不明だと。一体どこにいったんだろうな」

「さぁね、そんなこと、私が知るわけないだろう」

「なら、あの緑の着物はなんだ？　絵に描かれた若菜が着ている着物は隠し部屋にあるものとまったく同じものだ。それも本当にただの偶然か？」

レンになにも言わない常盤を見て、璃兵衛は続けた。

「お前は置屋の女たちの間で様々な緑の怪についての噂が流れていることを知っていながら、あえてほうっておいた。その噂を隠れ蓑《みの》にお前は特定の者にだけ、あの部屋の存在を伝えた。お前は特別だ、見込みがあるとでも言ったんだろう」

璃兵衛が懐から取り出した銀の杯は部屋から出る前に緑の打掛にふれさせた部分が黒ずんでいた。

「そうして女たちはお前の目論見通りに隠し部屋に行き、着物に触れて死んだ。毒をおびたあの着物のせいでな」

緑の着物に使われていたのはシェーレ・グリーンと呼ばれる若草色の顔料で、ヒ素を多く含んでおり、女たちが死んだのはヒ素中毒によるものだ。

「お前はあの着物を隠していただけでなく守っていたんだ。少しでも長くあの着物を残しておけるように」

温度差がなく、日の光が常時当たることのないあの部屋は、着物を長い間置いておくにはちょうどいい条件がそろっている。

おそらく元から隠し部屋があり、それを知った上で常盤が譲り受けたのだろう。

「……まさか、そこまで見抜かれちまうなんてねぇ」

常盤はすべてを受け入れるかのようにつぶやいた。

「なぜこんなことを？」

「ちょっとした昔話をしてやろう。千夜どころか一夜にも満たない話だよ」

常盤は寝物語でも話すかのように話し始めた。

常盤は、とある村で生まれた。

兄弟が多く、両親は必死に働いていたものの、常盤が腹いっぱいになったことは物心ついた時から一度もなかった。

このままではどうにもならない。

両親にとっても、それは苦渋の決断であったのだろう。

常盤は売られることになった。

他の子たちは泣いたり、行きたくないと駄々をこねたりしていたが、常盤はひどく冷静だった。今から思えば親に売られた現実から逃げていただけかもしれないが、それでもこうする以外はなかったのだ。あのまま家族全員で野垂れ死んでしまうよりはマシだ。

そんなことを思っている中で、常盤と同じように泣いていない子がいることに気づいた。

同じ年頃の常盤から見ても愛らしい顔をしている。

常盤の視線に気づいたのか、その子は無邪気に話しかけてきた。

「ねぇねぇ、これから私たち、どこに行くんだろうね」

まるで遊びにでも連れて行ってもらうかのような調子で、周りから聞こえてくるこどもの泣き声がさらに大きくなったように常盤は思った。

「いいところに行くとでも思ってるの？」

「さぁ？　でも私、自分からこの人についてきたから」

この人というのは人買いのことだ。

「親に売られたんじゃなくて？」

この場にいるこどものほとんどは何らかの事情があって、売られてきた者がほとんどだ。

「うん。お母さん死んじゃって。行く場所もないし、ちょうどいいかなって」

ふふっと笑った彼女から、なぜか常盤は目が離せなかった。

「名前は？」

「うーん……あるのかなぁ？　わからない」

「わからない？」

常盤の家はこどもが多かったものの、ひとりひとりにきちんと名前があった。

だからこそ彼女の答えにはひどく驚かされた。

「だって呼ばれたことがないから。でもね、この人についていったら、ちゃんと名前ももらえるんだって！　どんな名前をもらえるのかなぁ。私、すごく楽しみ！」

これが若菜との出会いだった。

若菜は母がとある屋敷で働いていた時に、その屋敷の主に手を出されてできたこどもだったらしい。父は家を捨てて母と一緒になると約束したが、結局母は裏切られ、乳飲み子だった若菜と一緒に捨てられた。

——あんたなんか、産まなきゃよかった。

若菜の母は口癖のように言い、一度も名前を呼ぶことなく死んでいったそうだ。

その後、常盤と同じ店に売られ、若菜と名付けられた彼女と常盤は一緒にいることが多かった。

聡い常盤はこの店がどういう場所で、自分たちがどのように育てられ、そして成長した暁にはどのようなことをさせられるのかわかっていた。

客にとっては天国であるこの場所も、中にいる者たちに地獄と称されることも無理はないと思ったが、泣いたところで常盤に帰る場所はない。

しかし若菜と一緒にいると、なぜかそんな場所も悪くはなかった。

「ねぇ、常盤ちゃん。ずっとずっと、一緒にいようね。だって、私たち——お友達でしょう？」

「ええ、そうね。ずっと一緒よ、若菜」

常盤が言うと若菜は無邪気に笑い、常盤を離さないと言うかのように手を握った。

こどもらしいやわらかな手は、やがて色を秘めた女性の手に変わり、美しく成長した若菜と常盤は客を取る身となっていた。

それでも若菜が常盤の手を事あるごとに握ることにかわりはなく、ふたりは一緒だった。

愛らしく愛嬌のある若菜は店一番の売れっ子で、何人もの旦那がついていた。

そんな若菜に続くのが常盤で、他の女たちは常盤と若菜がお互いを敵視していると思っていたようだが、そんなものは彼女たちの勝手な妄想にすぎなかった。

実際、若菜は忙しい合間を縫って常盤に会いに来ていた。

それは常盤がちゃんといるか、勝手にいなくなっていないかを確認しているかのようで、そのいじらしさが常盤は嫌いではなかった。

しかし無理が祟《たた》ったのか。若菜は体調を崩して寝込むようになった。

禿たちも遠ざけてしまい、部屋に通すのは常盤だけ。

仕方なく常盤が若菜の世話をすることになったが、若菜はどこか嬉しそうだった。

「常盤ちゃんをひとりじめできるなんて……昔に戻ったみたい」

「そんな馬鹿なこと言ってないで。さっさと治さないと。旦那も待ってるんだから」

「……常盤ちゃんは？　常盤ちゃんも私が元気になるの待っててくれる？」

「そうじゃなきゃ、休んでまでお世話なんかするわけないでしょう」

「そっかぁ……」

へへと嬉しそうに笑う若菜に、出会ったばかりの頃の若菜の姿が重なった。

幼い頃の約束を信じ、守り通されると信じていた若菜に身請け話が持ち上がったのは、なんとか仕事に戻れるまでに若菜が回復した頃のことだった。

相手は若菜が店に出るようになった頃から通っていた客のひとりで、外国とも手広く商売をしているらしく、若菜がその客からもらったのだと珍しい物を持ってきてくれたことも何回かあった。

あの旦那と一緒になるのであれば大丈夫だろう。

こどもっぽく無邪気さを残す若菜も珍しいものに囲まれ、楽しく過ごせるはずだ。

たとえ、そこに常盤がいなくても……。

誰もが若菜はこの話を受けると思っていたが、若菜はそれを断った。

手を変え、品を変え、何度話が来ようとも、そのたびに若菜は断り続けた。

そんな若菜に旦那から届けられたのは一着の着物だった。

珍しい緑色は旦那が若菜のために、外国の職人に特注で作らせたものだと添えられた文に書かれていた。

「綺麗……」

これまでの贈り物に興味のかけらも示さなかった若菜が初めて興味を示した。

「若菜……？」

白魚のような指でそっと着物の刺繍をなぞり、ほぉっとその紅い唇でため息をつく。

丸く大きな目は潤み、まるで愛しい者を思い浮かべているかのようだ。

「っ、若菜！」

そんな若菜をこれ以上見ていられなくなり、常盤は叫ぶようにして名前を呼ぶと、ようやく若菜は常盤を見た。

「常盤ちゃん……？」

「ごめん、何でもない」

「そう……」

突然、常盤の目の前に新緑がたなびく。

若菜が贈られた着物に手を通し、くるりとその場で回ってみせたのだ。

あざやかで瑞々しさを秘めたその色は若菜によく似合っていた。

「常盤ちゃん、似合う？」

「え、えぇ、よく似合ってる」

「ふふっ、嬉しい。私ね、他の誰よりも常盤ちゃんにほめてもらえるのが一番嬉しい」

無邪気に笑った若菜はひどく気に入ったようで、毎日のように着物を着るようになった。

そして一度は回復に向かっていた若菜は再び体調を崩し、寝込むようになってしまった。

そんな状況でも若菜は着物を脱ごうとはしなかった。

若菜のその様子に他の女たちは若菜が憑かれたと口々に噂していた。

今回ばかりは常盤もその噂を否定することができなかった。

「若菜、入るよ」

「……あぁ、常盤ちゃんだぁ……」

身体を起こして布団の上に座り、弱弱しく笑う若菜は肩からあの着物を羽織っていた。

若菜の美しさは陰り、すっかり弱った身体になっていたが、その着物はあの日と変わらない美しさのまま若菜に寄り添っていた。

「来てくれたんだ」

「当たり前よ」

若菜にかわり、常盤が店を支える立場となったあとも見舞いを欠かすことはなかった。

「ねぇ、見て、常盤ちゃん。着物をくれた人から、また文が届いたの」

若菜が差し出してみせた文にはいつもと同じように若菜の体調を気遣う言葉と、今も変わらず若菜を身請けしたいと思っていることが書かれていた。

店主もいつまでも客を取ることができない若菜の面倒を店でみることはできないと、強引にこの身請け話を進めようとしていた。

常盤が若菜のもとをたずねたのも、身請け話を受けるよう若菜を説得しろと店主から直々に言われてのことだった。

常盤も若菜のことを考えれば、それが一番いい選択だとわかっていた。

ここまで言ってくれる旦那ならば、若菜をもっと腕のいい医者に診せることもできる。

そうすれば若菜の体調もきっとよくなるはずだ。

「……若菜は、その旦那のところに行くつもり？」

「ううん。常盤ちゃんも一緒に連れてきてもいいよって言うなら考えるけど」

遊女ひとりを身請けするだけでも莫大な金がかかるというのに、ふたりも身請けするなどよっぽどの金持ちでないかぎりできるはずもない。

しかし若菜が夢物語を楽しそうに話すせいで、少しだけ常盤も夢を見てしまった。

若菜とふたりで笑い合い、共に過ごす幸せな日々を……。

「一緒にいることができたら素敵ね」

「そうでしょう。そうだ、ここを出れたら一緒にお店やろうよ、翡翠屋なんてどうかな？」

「いい名前だと思う、けど……ここから出るのは難しいと思う」

「うん、そうだね……わかってる……」

若菜の手がそっと常盤の手に重なる。

「だからね。私はここに……常盤ちゃんとずっと一緒にいるの。それが私の幸せだから」

若菜と言葉を交わしたのはそれが最後だった。


「その数日後に若菜は亡くなった……」


若菜は毒で死んだのだ、恋煩いで死んだのだと、周りの者たちはずいぶんと好き勝手なことを言っていた。

しかし若菜が常盤を遺《のこ》して死ぬはずがない。

そんな確信めいたものが常盤にはあった。

それを確かめるべく、ある夜、常盤はひとりの男を自分の座敷に呼び出した。

「どうして……」

その男は若菜の旦那のひとりであり、若菜にあの着物を贈った客だった。

ガタガタと震える男の目の前にいる常盤は若菜が最期まで着ていたあの緑色の着物を身にまとい、若菜とよく似た髪型で何も言わずに座り、ただ男をじっと見つめていた。

「お、俺が……俺が、すべて俺が悪かったんだ……あれは、やはり夢じゃなかったのか」

畳に額を擦りつけるように頭を下げ、男は話し出した。

若菜に贈った着物は毒性を含んだ顔料を使ったものであったこと、体調を崩して長い間、店に出られなくなれば身請けを考えてくれるのではと思ったこと。

それでも決して身請け話を受けてくれない若菜のことを考えているうちに、若菜を愛しく思うと同時に憎らしく思うようになっていたこと。

気づけば自分は生霊となり、魂だけとなって何度も若菜のもとに通っていたこと。

絞り出すようにして男は告白した。

「こっ、殺すつもりなんてなかったんだ……本当だ！　床に臥す変わり果てた若菜を見た時、俺はなんてことをしたのだと……」

「変わり果てた、だって……？」

常盤はすっと立ち上がり、男のそばに向かうと男の頬を容赦なく引っ叩いた。

「馬鹿言ってんじゃないよ！　若菜は何一つ変わっちゃいない！　あの日から愛らしくて純粋で夢見がちで……昔の約束を守ろうとしてくれたんだよ！」

「あ、あぁ、悪かった……許してくれ、本当にすまないことを……うぅ……」

男を再び叩いてやろうとした常盤だったが、気づけば力なく膝から崩れ落ちていた。

若菜の名を呼び泣き崩れる男を前に、若菜がいないことを実感させられた気がした。

「こんなのうそだ……だって、若菜は言ってたじゃない。ずっと私と一緒にいるって……それが幸せだって……」

「それからはあんたたちの考えたとおりだ。その着物を引き取り、大切に保管してきたんだよ。ここを買い取ったのもあの部屋を見つけたからだ。見込みのある者に着物の存在を教えて、第二の若菜をつくるためにね」

常盤はすべてを璃兵衛とレンに語ってみせた。

「その着物を着て女が死んでも、若菜が認める器ではなかったからだと。そう言うことだな」

「あぁ。まさか禿がこっそり着るとは思ってなかったけどねぇ……さすがに、その子にはかわいそうなことをしたと思ってるよ」

常盤がうそを言っているようには思えない。

しかし先程からレンの中から消えないこの違和感のようなものは一体何なのか。

「かわいそうという気持ちは本当だろう。だが、お前は禿がこうなることをわかっていたはずだ。着物のある場所を教えたのは他でもないお前なんだからな」

「だから亡くなった禿は千歳にも絶対に教えられないと言っていたのか」

女将から秘密を教えてもらった優越感と女将との約束を破ることへの不安から、あのような言い方になったのだろう。

「着物に含まれている毒は完全になくなってはいないだろうが、効力は落ちているはずだ。

そもそも着物を何度か着ただけで死ぬほどの威力をその毒は持ち合わせていない。一度に大量に摂取するか、年月を重ねて身体に蓄積させていくものだ……女たちを殺したのは着物に残っている毒と着物に取り憑いた念、それこそ緑の怪の正体だ」

「つまり死ぬとわかったうえで、常盤は女たちに着物を着るように仕向けていたのか」

「そうだ。女将なら、女たちの性格も把握できているはずだ。緑の怪に殺される女、緑の怪の噂を広げる女に合うのはどの女かもな」

好奇心が強く確実にあの部屋に足を運ぶだろう女、口が軽くて噂好きな女をそれぞれ選んで常盤は話を吹き込んだ。

そして常盤の思惑通りにひとりはあの部屋に行き、もうひとりは置屋の女たちに噂を広めてくれた。

「しかし、なぜ若菜以外にあの着物を着せることをよしとした？　それだけ大切なものであれば、ふつうは他人に着せようとは思わないはずだろう」

レンの中にあった違和感はそれだった。

常盤の話からすれば、あの着物は若菜の形見の品でもある。

復讐ならば若菜に着物を贈った男にすべきで女たちは関係がない。

それなのになぜ常盤は大切な着物を他の女たちに着せたのか。

「簡単なことだ。人間は幸せな話よりも不幸な話を好んで口にする。他人の不幸は蜜の味というやつだ。禿に話をしたのも、緑の怪で死んだ不幸な者を増やすためだ。こどもが絡んだ

「だから一体なんのために、そのようなことを」

「——若菜を永遠の存在にする。若菜の存在が〝緑の怪〟として語り継がれていくことで、人々から忘れられない、永遠のものになると考えたからだ」

いくら浮世絵に描かれて後世にその姿を残しているとしても、それはただの絵にすぎない。絵が失われてしまえば、永遠にその姿を失ってしまう。

ならば、人々の口にのぼるようにすればどうか。

そうすれば人から人へと語り継がれ、存在を忘れ去られることもなくなる。

若菜は人々の間でこれからもずっと生き続ける。

常盤の本来の目的は若菜の存在を生かし続けることにあった。

「それだけのために、こんなことをしたというのか？　何年もの長い年月をかけて……？」

「そっちの異国の色男はとてもじゃないけど信じられないって顔をしてるね」

「あぁ、正直、理解に苦しむ」

「見た目ほど若くはないだろうと思っていたけど、私からすればまだまだ青いねぇ」

「ごまかすな」

「ごまかしちゃいないよ。今さら何をごまかすっていうんだい」

レンの怒りが込められた視線に、常盤はまったく怯むことはなかった。

「お前はこれからどうするつもりだ」

「どうもしないさ。だから好きにすればいい。私のことも、この一件のこともね」

「そうか……なら、俺たちは帰らせてもらう。ここに来ることはもうない」

「いいのかい、それで？」

「俺たちは緑の怪の謎を解くために来た。それが解けた今、俺たちが長居する理由はない」

「そうだな。少なくとも松葉への疑いは解けたはずであろう」

璃兵衛に続き、レンも答えた。

「……あんたたちなら、きっとこの先へ語り継いでくれるだろうね」

常盤は姿勢を正すと、璃兵衛とレンに向かって深く頭を下げた。

「常盤、お前は……」

レンの目には常盤に若い女の姿が重なって見えた。

その女は浮世絵に描かれていた彼女によく似ている。

「用は終わった。帰るぞ」

「だが……」

「あとは女将が決めることだ」

璃兵衛に言われたレンは目を閉じて、ゆっくりとまぶたを開いていく。

そこに映っているのは頭を下げたままの常盤だけだった。

数日後、再び璃兵衛のもとに松葉から文が届いた。

「なにが書いてあった？」

「女将があの着物を着て、命を絶ったらしい……」

それだけレンに告げた璃兵衛は広げていた文を畳んでいく。

常盤についてそれ以上詳しいことは書かれておらず、その後は松葉のことをひどく心配してくれた金持ちの商人に身請けされることが決まったと自慢げに書かれていた。

文の長さからすると、それ以外も書かれていたようだが、璃兵衛にとっては興味のないことのようだ。


——あんたたちなら、きっとこの先へ語り継いでくれるだろうね。

もしかすると常盤は璃兵衛とレンにすべてを語った時から、そうすることを決めていたのかもしれない。だとすれば、あの時の言葉も理解できる。

「なぜ、あの着物を持ち帰ろうとしなかった？」

「あれに込められていたのは呪いではないからだ。ひどく歪《ゆが》んではいるがな」

「……私は常盤と最後に話した時、若い女の姿を見た」

おそらくだが、あれは常盤が話していた若菜だろう。

頬を染めて愛らしい笑みを浮かべ、後ろから腕を伸ばして常盤を強く抱き締めていた。

しかしレンたちに向けられていた目には怒りのような感情が込められていた。

「それとなにか関係あるのか？」

「ふたりならば地獄も極楽。ふたりにとってはそれがすべてだっただけだ」

話を聞くかぎりでは若菜が常盤に依存していたように思えるが、実際はその逆で常盤のほうが若菜に深く依存していた。そのことに気づけないまま常盤は若菜を失い、若菜への想いだけを持ち続けてひとり生きてきた。

だからこそ、あの美しい着物に若菜を重ね合わせ、最期は若菜の腕に抱かれて逝くことを選んだのだろう。

「馬に蹴られて死ぬのは俺もごめんだ」

若かりし頃の若菜と常盤が描かれた浮世絵には、こう書かれていた。

——流水之交、落花不知。

流れる水の交わりを花は知らないと。

# 第四話　ひとでなし

「頼もう！」

その日、祝久屋蓬莱堂に響き渡ったのは、店には似合わない威勢の男のいい声だった。まるで道場やぶりか討ち入りにでもやってきたようだ。

「何事だ？」

「ようやく静かになったかと思えば、次から次へと……」

「おかしい。留守か？　いや、でもそんなはずは……頼もう！」

声が届いていないと思ったようで、先程よりも大きな声が聞こえてくる。

店の中が薄暗いせいで璃兵衛とレンがいることには気づいていないようだが、このまま帰ってくれそうには思えない。

「どうする？」

「……出迎えてやってくれ。いつまでも店の前で騒がれてはたまらない」

レンが連れてきたのは、璃兵衛と同じくらいの年齢の男性だった。

璃兵衛の頭半分ほど背が高く、黒の巻羽織に細い線が何本も縦に走っている滝縞と呼ばれる縞模様の着流しを着ている。

「ほぉ、ここが唐物屋かぁ……」

帳場に腰を下ろした男性は珍しそうにきょろきょろと店の中を見回している。

初めて店に来た者は気味の悪そうな目をする者が多い中で、あまりない反応だ。

「こうした店は初めてか？」

「あぁ。話には聞いていたが、こんなにも面白い物にあふれる場所だったとは」

レンと話していた男性はそこでこの店に来た目的を思い出したのか。

ハッとしたように背筋を伸ばした。

「申し遅れました。俺は小堀丈之助《こぼりじょうのすけ》。同心をしております」

深々と璃兵衛とレンに向かって頭を下げる。

きりりとした目元と整った容姿は二枚目の歌舞伎役者のようだ。

「おふたりのことは富次郎から聞いています。璃兵衛様にレン様ですね。なんでも璃兵衛様は富次郎の古くからの親友で、おふたりは一蓮托生の相棒なのだとか」

親友という言葉に、璃兵衛は苦々しい顔を見せた。

「あいつが勝手に言っているだけだ。あと様はなくていい、堅苦しいのは苦手だ」

「私も必要ない」

「そうですか、ではお言葉に甘えて……璃兵衛とレンに聞きたいことがあって、俺は店を訪ねてきた次第だ」

様づけはやめたものの、口調から堅苦しさが抜けないのはこの話し方が丈之助にとって話しやすいからだろう。

「さっそくだが、連続斬り付け事件は知っているか？」

「夜更けに何者かによって斬り付けられるあの事件のことか」

「そうだ」

最初の事件が起きてからひとつきほどになるが似たような事件は今も続いており、数日前に起きた事件で被害者は十人を超えた。

さいわいなことに被害にあった人たちは切り傷だけですんでいるそうだが、奉行所は必死に犯人を捜しているにもかかわらず、一向に犯人が捕まる気配はない。

さらにふしぎなことに現場には何の証拠も残されておらず捜査は難航しており、一部では人間ではないものが犯人なのではないかと噂されている。

「それで？」

「それで、というのは？」

「いつまでも犯人が見つからない中で、いわくつきのものを扱っているこの店が怪しいから調べてこいとでも、上の人間に言われたか？」

「あぁ」

一切ごまかすこともなく、言い切った丈之助に思わずレンはたずねた。

「私たちにそれを伝えてもいいのか？」

「それはあくまでもふたりが犯人だった場合の話だ。俺は富次郎からふたりの話を聞いていたこともあるが、ふたりは犯人ではないと思っている」

「なぜそう言い切れる？　俺にまつわる噂を知らないはずがないだろう」

「少し話をしただけだが……もしもあなたたちが犯人ならば、俺とこうして向き合って話をすることはないはずだ。それにこんなにもまっすぐな目をしたふたりがあのような事件を起こすとは俺にはとても思えない！」

こうもきっぱりと言い切るとはよっぽどのお人好しか、それともただの向こう見ずなだけなのか。しかし、だからこそ富次郎と仲がいいのだろうと璃兵衛は思った。

「そこでふたりを見込んで頼みたい。この事件を解決する手伝いをしてほしい」

「なぜ私たちにそんなことを頼む？」

レンの疑問はもっともだった。

いくら富次郎から話を聞いて丈之助が璃兵衛たちのことを知っているとは言え、初対面である者に頼むようなことではない。

「そう思うのも当然のこと。本来ならば俺たちが犯人を見つけなければならないというのに、いまだに犯人は見つからず……」

丈之助は声に悔しさをにじませていた。

「しかし、このまま野放しにしていては被害が増える一方であることも、また事実……これ以上、被害を増やす前にどうか捕まえるために、ぜひ力を貸してもらいたい」

この通りだと再び丈之助は頭を下げた。

「とのことだが、どうする？」

レンは少し困ったように璃兵衛を見る。

「そうだな……これもなにかの縁だろう」

「じゃあ」

「力を貸してやろう」

「おぉっ、それはありがたい！」

ぱっと丈之助は頭を上げた。

「ひとつお前に聞いておきたいことがある」

「なんだ？」

「俺たちを頼ってきたということは、お前も人間以外が犯人だと思っているのか？」

「いや、正直そこまでは。ただ富次郎から璃兵衛たちは頼りになると聞いていたので」

「そうか……」

璃兵衛は文机に置いていた読みかけの書物を手に取った。

「そうした連続事件はとくに珍しくはない。中には人を傷つけることや痛みに顔を歪める姿、血に対して一種の快感を覚える者も存在する」

「それは穏やかではない話だ……」

「とある国の名門貴族の姫は己の快楽のために自身の領地の娘を誘拐して拷問をおこない、

さらに自身の若さと美貌を保つために、若い女の血で湯浴みをした逸話もある」

少しばかり刺激が強すぎたようで丈之助は顔をしかめていた。

「しかし今回、被害にあった者たちはなにも盗られてはいないのだろう？」

レンの問いかけに丈之助はうなずいた。

「あぁ。被害にあった中には羽振りのいい商人もいたが、金品はすべて無事だったそうだ」

「他はどうだ。たとえば血や目などはそのままだったか？」

「そんなおそろしいことが、あるわけ……ないとは言い切れないか……」

聞いたばかりの話を思い出した丈之助は璃兵衛への反論をやめた。

「刀で斬りつけられただけで、それ以上深い傷を負った者はひとりもいない」

「なるほど……盗みに殺害、そして快楽のためでもないとすれば、それ以外の目的を持っていることになる」

「ちなみに、その目的というのは？」

「協力が得られるとわかると、ずいぶんと詰めてくるな」

「すまない、そんなつもりは……ただ私の手でこの事件の犯人を捕まえたい、それだけで」

丈之助は覚悟を示すかのように強く自身の手のひらを握り締めていた。

「快楽を求めてのものではないか」

丈之助を帰らせ、ふたりになった店の中で璃兵衛はつぶやく。

「私が気になったのは、丈之助の犯人を捕まえることへの執着だ」

いくら仕事とは言え、あそこまで犯人を捕まえることに固執するだろうか。

「あいつは事件の犯人を知っていて、犯人をかばっているとも考えられるな」

「だとすれば、なぜ私たちにわざわざ協力を頼む必要がある？」

「問題はそこだ」

富次郎から話を聞いたのならば、以前に富次郎が関わっていた事件を解決に導いたことも知っており、捜査の攪乱には使えないとわかっているはずだ。

もしも丈之助が犯人をかばっているとすれば、璃兵衛とレンに事件を解決するための協力を頼みに来るだろうか。

「……一度、被害者について調べてみるか」


「これが被害者たちの詳細か」

「あぁ」

丈之助の協力のおかげもあり、ずいぶんと早く詳細を知ることができた。

「わざわざこいつを使わなくてもよかったとは思うが」

「あれはそう簡単に使うものではないと、いつも言っているだろう」

レンにそう言われてしまってはどうにもできない。

璃兵衛とレンは帳場に広げた被害者の詳細が書かれた半紙に目を通していく。

しかし年齢や身分、出かけていた目的はバラバラだ。

共通点と言えば被害者は男性ばかりであること、腕や背中など上半身を斬られていることくらいだが、いずれも傷は浅く命に係わるものではない。

「外出の理由を私用のためと答えている者が数人いるが、これについてはどうなんだ？」

「言いたくない、あるいは公にされては困る目的だったんだろう」

同心も所詮は役人のひとりにすぎず、相手の立場によって言動を変える者も少なくない。

被害者からの聞き取りの詳細をこれですませているということは、これ以上つつくと不都合な相手だったのだろう。

むしろ富次郎や丈之助のような熱意あふれる役人のほうが珍しい。

「まぁ、私用については詳しく調べるまでもなく予想はつく。おそらく妻以外の女のもとにでも通ってたんだろう」

不倫や浮気に対しては厳しい処罰が定められていたが、実際には金を払って示談になるほうが多かった。

しかし、そこまでしてなぜそのようなことをするのか璃兵衛は理解に苦しむ。

「そうした不貞行為は、ろくなことにならないというのに」

璃兵衛の店にやってくるいわくつきのものの中にも不倫や浮気にまつわるものは多い。

こちらを振り向いてもらえるようにと血でまじないが書かれた呪符はまだ可愛いほうで、不倫をしている夫と不倫相手の不幸を願いながら髪で縫われた刺繍や、不倫をしている伴侶を病死に見せかけて殺すための毒薬の処方箋と生々しいものも少なくない。

「俺がいた国も不倫などは重罪だったな。不貞について描かれていた物語の中ではある男が弟を誘惑した妻を殺した後、さらに遺体をバラバラにしていた。それだけ不貞をされたほうの怒りや傷が深かったということだろう」

「なるほど、傷か……」


数日後の夜、璃兵衛とレンの姿は、とある神社にあった。

夜遅くということもあり、神社にはふたり以外の姿は見られない。

鳥居をくぐり、参道を進んだ先にある拝殿には賽銭箱が置かれ、鈴がぶら下がっている。

「ここになにかあるのか？」

「目的は拝殿ではない」

二体の狛犬が夜更けにやってきた者をじっと見ている中で璃兵衛が向かったのは本殿の裏にある御神木だった。

「ここで間違いないようだな」

レンが見たものは木に釘で打ち付けられている藁でつくられた無数の人形たちだった。

「これは……お前が前に話していた藁人形というものか？」

「そうだ。この神社は丑の刻参りをおこなう者が多く訪れる場所だ」

丑の刻参りとは丑の刻に藁人形を憎い相手に見立てて御神木に打ちつける呪いの儀式のひとつである。

丑の刻参りをおこなう者は女性が多く、白装束に身を包み、頭にはろうそくを立てた鉄輪をかぶって、憎い相手のことを思いながら藁人形を釘で御神木に打ちつける。

呪われた相手は藁人形が釘を打たれた場所と同じところに傷を負い、最悪は呪いによって死に至るが、丑の刻参りをおこなっている姿を見られてしまうと呪いは効力を失うとされていた。

「被害にあった者、その中でも夜に出歩いていた理由を語らなかった者には丑の刻参りによって呪われているという共通点があった」

夫の不倫や浮気を受け入れている者や気づいていない者もいれば、仕方なく受け入れている者、そしてひっそりと傷ついている者もいる。

レンの言葉をきっかけに璃兵衛はあの後、丈之助にあることを調べさせたのだ。

ひとつは理由を語らなかった者たちの交友関係。

もうひとつはその者たちの妻についてだった。

璃兵衛の予想通り、彼らには妻以外の女の存在があったが、妻たちはそのことに傷つきながらも、さまざまな理由で仕方なく受け入れるしかなかった。

報告にやってきた丈之助はなんということをと怒っていたが、妻たちはただ傷つき悲しみに袖を濡らしているだけではなかった。

「呪いは決してほめられたものではない。だが彼女たちにとっては唯一の救いであり、心の拠り所でもあったことはたしかだ」

噂を聞いてやってきた御神木の前で何体もの藁人形を見つけた時、少なくとも同じような想いを抱えているのは自分だけではないのだと思えたことだろう。

「ならば、斬りつけ事件の犯人は丑の刻参りをおこなった誰かか？」

「いや。妻たちは夫が斬りつけられたと聞き、自分がしたことを後悔し、以降は夫の回復を熱心に祈りに来ていたそうだ。俺としては罰が当たったのだと喜んでもいいと思うがな」

璃兵衛が懐から取り出したのは夫の回復を願う内容が書き込まれた絵馬で、そこには被害にあった者の名前と妻らしき女性の名前が書かれている。

「あいつにも数日間、妻たちを見張らせていたらしいがあやしい動きはなかった。ついでに夫たちも痛い目を見て反省したのか夜に出歩くのをやめたそうだ。そんな簡単に性根が直れば誰も苦労はしないがな」

「この神社の者ならば、事件に関することを見ているのではないか？」

「いや、見ないようにしているそうだ」

「見ていないではなくてか？」

「あぁ。なんでも丑の刻参りの女性に遭遇して護り刀を手に追い回されたことがあるらしい」

丑の刻参りは誰かに姿を見られると効力を失ってしまう他、呪いが自分に跳ね返ってくるとも言われている。

神社の者が遭遇した女性が持っていた護り刀は万が一姿を見られてしまった時に、目撃者を消すために持っていたものだ。

「触らぬ神に祟りなし。実に賢明な判断だが、興味深いことを話していてな。御神木に打ちつけられていた藁人形が消えたと」

この神社では見つけた藁人形を供養しているらしいが、ここ最近は丑の刻参りをおこなった痕跡はあるものの、藁人形だけが消えているそうだと聞いたレンは隣にいる璃兵衛を見た。

「なんだ？」

「まさかとは思うが盗んでは」

「いないな」

「……しかしお前みたいなやつが他にもいたとは驚きだな」

「さすがに俺も儀式の最中の物を盗む真似はしない」

心外だと璃兵衛はレンをにらんだ。

「せっかくいわくつきのものになりかけているのに、なぜ途中でやめさせるようなことをする必要がある」

「まるで進化の邪魔をするかのような言い方だな……」

少なくとも璃兵衛が藁人形を盗んでいないことだけはわかった。

「だが、なぜ藁人形を盗む必要がある？」

「それは」

「待たせて悪かった」

そこにあらわれたのは丈之助だった。

「なぜ丈之助がここに？」

「璃兵衛に呼ばれたのだ」

「お前が？」

レンは思わず璃兵衛を見た。

「あぁ。捕まえるには人手があったほうがいいと思ってな」

「ふたりのおかげで犯人を捕まえることができそうだ。礼を言う」

丈之助は璃兵衛とレンに頭を下げた。

「礼を言うのは犯人を捕まえてからだ」

「そのとおりだな。それでこれからどうするんだ？」

「俺の予想だが、犯人は今夜もここに来るはず。それを拝殿の中に隠れて待ち伏せる」

犯人を捕まえるために拝殿を使わせてほしいと言ったところ、承諾してくれた。

拝殿に入り、戸を閉めて外をうかがう。

斬りつけ事件のせいもあり、夜遅くに出歩くことをひかえるようになった者も少なくないらしく、あたりは静まり返っている。

「しかし社殿に入ることがあるとは」

　腰を下ろした丈之助はここでも物珍しそうに本殿の中を見回している。

「店に来た時にも思ったが、丈之助は珍しい物が好きなのか？」

「あぁ。数年前に亡くなった父は物知りで、幼い頃にいろいろな話を聞かせてくれた」

　レンにこたえると丈之助は目を輝かせた。

「黄金でできた都、盗賊たちに立ち向かった少年、ほうきで空を飛ぶ少女、目を覚まして動き出すミイラ、ランプからあらわれる魔人……俺にとってはどの話も心が躍るもので、この歳になっても父上から聞いた話が忘れられなくてな。珍しい物を見ると、興味をそそられる」

　少し照れくさそうに笑うと、丈之助は璃兵衛に話しかけた。

「璃兵衛も父から珍しい話をいろいろと聞いたのではないか？　あの店は璃兵衛の父の頃からすでにあったと聞いたことがあるが」

「いや、俺はそうした話は聞いてこなかったな」

「そうなのか……？」

「それよりも、ただ待つだけではヒマだろう。百物語でもするか、場所もちょうどいい」

「百物語とはなんだ？」

「夜に集まって怪談、怖い話を語り合うことだ。百話目を語り終えると恐ろしいことが起こると言われている」

「なるほど。時間をつぶすにはちょうどいい」

璃兵衛の説明を聞いたレンは意外にも乗り気だが、これに驚いたのは丈之助だ。

「いや、今は犯人を捕まえるために待ち伏せをしている最中なんだぞ。そんなことをして犯人をとり逃がしたらどうするんだ？」

いかにもらしいことを言う丈之助だが、その表情はかすかに青い。

「怖がりさえしなければ問題ないだろう」

「そう言う問題では」

「ならば、私から話すとしよう」

「待て、やるなんて俺は一言も」

「あれは私が船の中で揺られていた頃の話だ……」

制止もむなしく、レンが話し出すと、丈之助は話を聞くまいと必死に戸の隙間から見える外の様子に目をこらしていた。


「……これで私の話は終わりだ」

レンの話が終わる頃には、丈之助もレンの話に聞き入っていた。

「次は俺が話そう。とある家族のもとにやってきた人形の話だ」

その家族は比較的裕福で、父と母、そして娘の三人でとくに何かに不自由することもなくおだやかに暮らしていた。

ある日、娘宛てに荷物が届けられた。

中から出てきたのは流行りの洋服を着た少女を模した木製の人形だった。

金色の髪に青い瞳、愛らしい顔立ちに少女はひとめでその人形を気に入った。

差出人はイニシャルしか書かれていなかったが、知人の誰かが娘を喜ばせるために前触れもなく贈ってきたのだろう。

誰が贈ってくれたのかわかれば、礼を言わなければ。

両親は人形を抱き締める娘を見て、そんなことを思った。

娘は人形をまるで妹のように可愛がり、なにをするのも一緒で、部屋からは楽しそうな笑い声が聞こえてくることもあった。

娘は同じ年頃のこどもと比べるとおとなしく、引っ込み思案なところを心配していたが、以前に比べて明るく笑うようになった娘に両親は人形の送り主に感謝した。

両親は思い当たる知り合いに〝人形を贈ってくれたか？〟とたずねていたが、知り合いはふしぎそうな顔をして首を横に振るだけで送り主は見つからないままだった。

母は送り主がわからない人形を気味悪く思うようになっていたが、父は気にしすぎだと相手にしなかった。

そんな中、娘に変化がおとずれた。

突然部屋の中で暴れ出し、叫びながらベッドやドレスを引き裂き、物を壊すようになったのだ。一体なにが起こったのかと驚愕しながらも必死に娘を両親は止めようとしたが、どこにそんな力があるのか。母だけでなく父をも振りほどき、娘は体力が尽きるまで暴れ回った。

悪魔にでも憑かれたのかと怯える母の隣で、父は愕然としていた。

父は娘のその言動と同じことをした人物を知っていたからだ。

――まさか、あの人形は……。

父は娘からすぐさま人形を取り上げようとした。

娘は人形をとられまいと必死に抵抗したが、それを見ていた母も娘が元に戻るのであれば
と必死に娘から人形を奪おうとする。

三者による奪い合いの末、人形は哀れにも床に叩きつけられた。

耳障りな音が響き、人形が壊れたことを察した娘はあわてて人形を抱き上げて、壊れた箇
所を確認しようと服を脱がせていくが途中で悲鳴を上げ、人形を放り出してしまった。

手足を投げ出し、恨めしそうにこちらを見上げる人形を見た母も悲鳴を上げた。

人形の腹部に開けられた穴には人形とよく似た金色の髪と細かくたたまれた恋文がねじ込
まれており、恋文の上には血文字で娘を呪う言葉が書かれていた。

その恋文はかつて愛人へ父が宛てたものだった。

「人形の送り主は父の元愛人だった。本人を呪うより大切な娘を呪うほうが傷つけられると
考えたのだろう。いつか人形が壊れて、呪いの効果がなくなったとしても彼がしたことを妻
と子に見せつけることができる、一石二鳥というわけだ」

その後、母は娘を連れて家を出て行き、父はひとりさみしく過ごす中で若くして亡くなっ

たが、亡骸には一体の人形が寄り添い、幸せそうに微笑んでいたと伝わっている。

「父親が自らのあやまちを告白していれば、そんなことにはならなかっただろうに」

そう話す丈之助はどこか苦しげな表情を浮かべていた。

「それは丈之助が赤の他人だから言えることだ。愛人を愛していたのは事実とは言え、父にとっては過ぎたこと。妻と子を愛していたからこそ言えなかったのだろう」

「っ、しかし、その父親はあまりにも自分勝手すぎではないか！」

「人間はいつの時代もそういう生き物だ。そうでなければ呪いなど、生まれるはずがない」

恨みも、憎しみも、羨望も、愛も。

それらは所詮、己の勝手な想いだ。

——なぜ自分ではないのか。

——なぜ自分がこんな目に遭わなければいけないのか。

——なぜ自分には手に入らないのか。

——なぜ自分の想いが受け入れられないのか。

「なぜが積み重なり、そうしてそれらが呪いへと変わっていく」

「俺は、必ずしもそうだとは思えない」

異を唱えたのは丈之助だった。

「ほう……なら、お前はどう考える？」

「璃兵衛が言うことも一理あると思う。仕事を通じて、そうした人間も見てきた。だが、中には自分のためではなく大事な者のために手を汚した者もいた……だから誰かを呪うことを選んだ者の中には、そうした者もいるのではないかと、そう思う」

「なるほど、お前らしい答えだ」

丈之助の答えを聞いた璃兵衛は素直な感想を口にした。

「今の答えを忘れるなよ」

「あ、あぁ……」

「おい、誰か来たようだ」

レンの言葉に丈之助は戸に張り付く。

「……さて、鬼が出るか蛇が出るか」

レンに続き、璃兵衛も戸の隙間から外へと目を向ける。

最初に目に飛び込んできたのは白、次いで赤だった。

ろうそくのあかりに照らされてあやしげに光るのは額と口元に伸びた牙。

そして、それが手にした一振りの刀。

そこにいたのはろうそくをさした鉄輪をかぶり、般若の面を付けた人間だった。

その見た目からして、おそらく女だろう。

白装束や面に血がついていることから、一連の事件の犯人にちがいない。

「被害に遭った者たちの言っていたことは確かであったか」

「考えたものだな。あのような面をかぶっていれば、それ以外のことについてはあいまいになる」

記憶の中に残る恐ろしい鬼が、他のことを覆い隠してくれる。

「お前はなぜ俺たちに鬼を見たという被害者の証言を隠していた？」

璃兵衛とレンが被害にあった者たちに会いに行くと、最初は不審そうな顔をしていたが丈之助に協力していることを伝えると、相手からいろいろと話してくれた。

「そ、れは……」

璃兵衛の問いかけに丈之助は答えることができず、言葉を詰まらせる。

そこにレンがさらに追い打ちをかける。

「丈之助は言っていたな、いっそ人外の仕業であればと。人外の仕業に見せかけるために私たちに協力を頼みにきたのか？」

地獄から帰ってきたとの噂を持つ璃兵衛と璃兵衛の店で働くレンが関われば、この事件はただの人間による斬りつけ事件とはちがうのではないかと考える者もいるだろう。

「どうなんだ？」

「……っ、そうした考えも、まったくなかったとは言えない。だが、犯人を捕まえたい気持ちは本当だ！」

「その気持ちも本当だろうな。ただ」

璃兵衛は目の前の格子戸に手をかけ、勢いよく左右に開いた。

「本当の目的はべつにある」

閉ざされていた現実が、目の前にあきらかとなる。

般若の面をつけた犯人は人がいることに気づいていなかったのだろう。

拝殿の中からあらわれた璃兵衛とレンを見ると動揺した様子を見せた。

「犯人が人間なことは残念だが、なにがお前を凶行に駆り立てるのかは興味がある。それにこいつがそこまでして捕まえたい犯人の正体にもな」

璃兵衛の言葉を聞くまで犯人は丈之助がいることに気づいていなかったようだ。

丈之助は犯人がすぐそこにいるにもかかわらず、捕まえにいくこともなく、ただ腰が抜けたように座り込んだままで犯人を見ている。

「丈之助が行かないならば、私が行こう」

「っ、ま、待ってくれ!」

いつまでも動こうとしない丈之助にしびれを切らしたのか。

拝殿から飛び出そうとしたレンを、丈之助は持っていた十手で制した。

その拍子にレンが鈴緒にぶつかり合い、夜の境内に魔を祓う鈴の音が鳴り響く。

その鈴の音から逃れるように、般若面の女はこちらに背を向けて走り出した。

「おい、どうして邪魔をした?」

「そ、れは……」

「今はそんなことを言ってる場合ではない」

レンを制した璃兵衛は丈之助に告げた。

「早くしないと手遅れになる」

「何のことだか、俺には」

「人はきっかけさえあれば、簡単に化け物に変わる。いいのか、化け物に変えてしまっても」

「っ……」

「わかったら、とっとと追うぞ」

境内をあとにして、璃兵衛たちは犯人のあとを追う。

女の足ならば、まだそう遠くには行っていないだろう。

「こっちだ」

時折、暗い空を見上げながら先導するレンのうしろに、璃兵衛と丈之助が続く。

「お前、いつから犯人についてわかっていた？」

「三度目の事件が起きた後だ。血で汚れた白装束を偶然見つけて……」

丈之助は観念したように話し始めた。

「その時から疑いを持つようになった……最初は、ただの疑いでしかなかった。しかし事件が続き、調べを進めていけばいくほど、確信に変わっていった……」

「犯人であれば、丈之助はどうするつもりだったのだ？」

レンからの問いかけに丈之助は苦悶の表情を浮かべた。

「わからない……最初に疑いを持った時から、俺はどこかで犯人だと。そう思いながらも、犯人であることを否定していた……いっそ人でないものの仕業であってくれと。そんなことを願っていたんだ」

「丈之助の願いもあって、犯人は鬼になったわけだな」

「……っ！」

追いつかれたことに気づいた犯人は再び背を向けて駆け出した。

しかし、そう簡単に逃がすはずもない。

「——行け」

璃兵衛の一声と共に夜を裂くような鳥の声が響く。

「な、なんだ、今のは……？」

声に驚いたのは丈之助だけでなく犯人も同じだったようで、驚いた拍子に足を絡ませて転んでしまうが、璃兵衛にはどこからともなく鳥のようなものが犯人の足元に舞い降り、転ばせたところが見えていた。

そして転ぶと同時に般若の面が乾いた音を立てて、地面に落ちる。

面の下から出てきた女性は丈之助とよく似た涼やかな目元を歪めていた。

「は、母上……」

「あぁ、見られてしまいましたね……」

ゆらりと、丈之助の母は立ち上がる。

髪を振り乱した頭には鉄輪をかぶり、手には刀を持ったままだ。

鉄輪にささったろうそくの火がぼうっと音を立てて再び燃え盛る。

その火に照らし出された女は、まるで鬼のようであった。

「あなたにだけは、見られたくなかったのに……」

一番見られたくなかった息子に見られてしまった丈之助の母は刀の柄《つか》を握り締めると、こちらに向かってくる。

「おい丈之助、あれを止めろ。早く」

「無理だ……そんなこと、俺にはできない」

丈之助は顔を青くして、ただその場に立ち尽くすだけだった。

「そのまま刺されて死んでやるつもりか？　母親に殺されるなど俺は死んでもごめんだ」

しかし、まともに刀を振るったことのない璃兵衛がどうにかできるとも思えない。

今の璃兵衛は力が十分に出せない状態の上、相手は女性とは言え、刀に操られている。

そんな相手にかなうはずがない。

「借りるぞ」

レンは丈之助が帯にさしていた十手を抜き取ると、丈之助の母に向かって駆け出す。

「待て、それでは持ち方が逆だ！」

レンが鉤《かぎ》を下ではなく上向きにして十手の柄を握り締めていることに気づき、丈之助はあわてて声をかけるが、レンはそのまま丈之助の母に向かって十手で突きを繰り出した。

しかし丈之助の母は突きを避けると、刀をレンに向かって振り下ろす。

「くっ……」

金属同士が激しくぶつかり合う音があたりに響く。

鍔迫《つばぜ》り合いとなり、レンは丈之助の母とにらみ合う。

眼は虚ろな状態だが、力はレンと互角の状態だ。

「このままでは埒が明かない……っ！」

どうするか考えていたレンの隙をつき、丈之助の母は後ろに下がって距離を取るとレンの頭目掛けて刀を振り下ろす。

「レン！」

丈之助が叫ぶと同時にレンは顎の下を狙って十手を突きつける。

反撃に驚いた丈之助の母は手元を狂わせる。

その瞬間、レンはあえて上向きにしていた鉤で刀を引っかけるようにして受けとめる。

丈之助の母は刀を取り戻そうとするが、そう簡単に刀は抜けない。

「逃がすものか」

レンは十手と柄をそれぞれ握り、十手をひねり上げる。

十手に搦めとられた刀は丈之助の母の手から離れ、丈之助の母は地面に座り込んだ。

「うぅ……」

「なるほど、ケペシュか」

ケペシュとは古代エジプトで使われていた剣の一種である。

盾をはぎ取るため、先には十手と同じように鉤がついており、おそらくレンは使ったことのあるケペシュを思い出して、先程のような鉤を上にした使い方をしたのだろう。

「母上！」

膝から崩れ落ちた母のもとに丈之助は駆け寄った。

「母上、しっかりしてください、母上っ！」

「丈、之助……」

「なぜです、どうしてこんなことを？」

「それは……」

「その刀が関係しているのか？」

「それは、あっ！」

丈之助の母が刀を拾うより先に璃兵衛が刀を手にした。

「変わったところはないように見えるが……」

レンは璃兵衛が手にしている刀をじっと見ていた。

「なにかが宿っている……いや、憑いていると言うべきか……そして一連の犯行は刀に憑いているものに深く関係がある。そうであろう？」

「えぇ……」

「どういうことですか？　あの刀は一体何なのですか？」

丈之助に問われ、丈之助の母は口を開いた。

「あの刀は……私の一族に代々受け継がれてきた妖刀です」

「それは興味深いな」

昔から妖刀と呼ばれる刀は数多く存在している。

妖刀も〝いわくつきのもの〟であることにかわりはない。

「どのようないわくを持っているのか、ぜひ聞かせてもらいたい」

「あの、あなたは……？」

「俺は祝久屋蓬莱堂の店主の璃兵衛、さっきお前をとめたのは店で働くレンだ」

「そうですか……先程は私を止めていただき、ありがとうございました」

丈之助の母はレンに向かって頭を下げた。

そういうところも息子とよく似ている。

「私に礼を言うということは、やはり望んでやったわけではなかったのだな」

「はい……その刀はかつて鬼を斬っており、数年に一度、人の血を吸わせなければ一族に災いが降りかかると伝えられています」

「鬼を斬ったことで呪われた刀とは、なかなかのものだな」

「感心している場合か」

璃兵衛をたしなめるレンのそばで、丈之助が肩を震わせていた。

「そんな刀があるなど聞いていません、それにそのような刀は今までうちにはなかったはず……なぜ母上はそんな恐ろしいものを持っているのですか？」

「私は結婚して一族を出た身。そのため刀とは無関係のはずでした。ですが、夫が亡くなり、意気消沈していた私のところに親族たちが訪ねてきたのです」

丈之助がいない日を狙ったのであろう。

親族たちは不躾に上がり込んできたかと思うと、丈之助の母にある物を手渡そうとしてきた。それは一族に伝わる、あの刀だった。

「なぜ、その刀がここに……」

「女ひとりではなにかと心細いだろう」

「そうじゃ。現にわしらでもこうして上がり込めたんじゃからな」

「刀の一本くらいあったほうが、いざという時にいいでしょう？」

親族から出てくる言葉はどれもうわべだけのもの。

その本当の目的は刀を押し付けることだった。

「お帰りください。私は一族から出た者、この刀を受け継ぐ理由もなにもありません」

「いやだわ。ずいぶんと冷たいことを言うのね。それに理由はないですって？」

「え、えぇ……」

女が浮かべた笑みに気味悪さを覚えながらも、丈之助の母はうなずいた。

「なにを言ってるの。流れている血は同じでしょう」

「血が流れているかぎり、我らは縁を切ることはできぬ」

「お前だけ逃げようなどけしからん」

「私は逃げるつもりなんて」

丈之助の母は刀のことを聞かされていたとは言え、その刀を持つことが許されているのは本家の人間のみで、分家筋にあたる丈之助の母は本家筋の人間から事あるごとに馬鹿にされていたのだ。

それが今になって血だのなんだのと言われたところで、こちらに刀を押し付けるための口実でしかない。事実、家に押しかけてきた親族たちは本家筋の者だ。

「いいのか。刀に血を吸わせなければ災いが起こる。旦那だけでなく息子まで喪いたくはないだろう？」

「それに血を引いていると言えば、息子もそうじゃないの。ならば息子に刀を継いでもらいましょうか」

「そんな……」

「それはいい。息子は同心と聞く。刀の扱いに長けているうえに、血にも慣れているならば都合がいいだろう」

「待ってください！　息子には絶対その刀を継がせはしません！　息子に継がせるくらいなら……私がその刀を受け継ぎます」

その言葉を彼らは待っていたのだろう。

「そうかそうか。そこまで言うのなら、この刀はお前に託そう」

「息子思いの母を持って息子も幸せだろうねぇ」

「まったくだ。ここまで足を運んできたかいがあった」

問題はこれにて解決とばかりに、彼らは背を向けて去っていった。

そこに残されたのは丈之助の母と一振りの刀。

一度も刀を振るったこともなければ、誰かに刃を振り下ろしたこともない。

――それでもやらなければならない。

そうしなければ、どんな災いが降り注ぐかわからない。

夫を突然の病で亡くし、さらには息子まで喪うわけにはいかない。

「やらなければ、守るためにも私が……一族の血が流れている、この私が……ひとりで……」

丈之助の母は震える手で、鞘から刀を抜いた。


「ですが人を殺すなど……そんな恐ろしいことはできませんでした」

それに刀の扱いに慣れていない者が刀を振るったところで返り討ちに遭い、一歩間違えば自分が殺されてしまうのはわかりきったことだった。

――人を殺さずとも血を吸わせることさえできれば。

そう考えた丈之助の母が起こしたのが一連の斬り付け事件であった。

「それがなぜ藁人形に名前のあった者を狙うことになる？」

「無関係の者を巻き込むのであれば、せめて痛い目にあっても仕方ない者をと……そう思ったからです。藁人形は私が処分しました」

「なるほど。丑の刻参りをおこなった女たちにとっては呪いが成就する、そしてお前は刀に血を吸わせることができ、他人を斬った罪悪感を軽くすることもできる。斬り付けられた者は気の毒だが、もともと呪われるようなことをしたほうが悪い。自業自得・因果応報の範囲内というわけか」

「いくらなんでも、そのような言い方は……っ！」

「いいのです、丈之助。この方の言っていることはなにも間違っていません」

璃兵衛に怒りを向けた丈之助を母親が制した。

「私の中には、たしかにそのような思いがありました。藁人形に名前を書かれるような人間ならば少しくらい痛い目にあってもかまわないだろう、傷つけても許されるだろうと」

「母上……」

「ですが、それはさまざまな思いを胸に丑の刻参りに訪れた女性たちの怒りや悲しみ、憎しみを踏みにじるおこないでもありました。私は他人の悲しみや怒りに便乗し、己の身勝手を通そうとしたのですから」

丈之助の母は捕まえられることを覚悟しているようで、じっと璃兵衛とレンを見ていた。

「それなりの処罰を受ける覚悟はできています」

「なら、ちょうどいい。覚悟ついでに聞かせてもらおう」

「なんでしょうか？」

「その刀で斬ったものは、本当に〝鬼〟か？」

「今更、なにを言って」

「俺はお前の母親に聞いている」

丈之助を制すと璃兵衛は丈之助の母に改めて問いかける。

「どうなんだ？」

「え、えぇ、代々そのように伝わってきたと私は聞いておりますが、なぜそのようなことを」

「なにも角が生えた化け物だけが鬼ではない」

かつては死者の魂、悪霊やもののけといった人に害をなすものや得体の知れないものも〝鬼〟と言われており、今の姿のような〝角を生やした恐ろしい化け物〟として描かれるようになったのは平安時代の頃からである。

「朝廷に服従しない者たちを鬼や土蜘蛛などと呼んでいたこともある。つまり本当に鬼であるかはどうだっていい。〝それは鬼である〟と主張する者たちがいれば、それは〝鬼〟という存在になる。たとえそれが鬼ではなく〝人間〟だろうとな」

「まさか……それでは……」

「その刀は〝なに〟を斬ったんだ……？」

恐ろしい事実にたどり着き、青ざめた母を支えた丈之助は璃兵衛に問うが、丈之助もかすかに青ざめている。

璃兵衛は目をゆっくりと瞬かせると、じっとレンが手にしている刀に目を向ける。

一瞬、なにかをとらえた青い目が輝いた。

「見えたのか？」

「……あぁ」

璃兵衛は今しがた見えたものについて口にした。

「その刀に憑いているのは……刀に斬り殺された人間だ」

「そんな馬鹿な……人を斬った刀が、なぜ鬼を斬った妖刀として伝わっている？」

「それは本人に聞いたほうが早い。そのつもりで姿を見せたんだろう？」

「……あぁ」

刀に一瞬煙のようなものが揺らぐとともに、姿をあらわしたのは藍色の木綿の小袖を着たひとりの青年だった。

「お前はなんだ？　どうしてこの刀に憑いている？」

「俺は、とある村で村長をしていた平助《へいすけ》と言います……そこにいる女性の先祖にあたる村人の伝蔵《でんぞう》とは……親友でした」

「私のご先祖様と？」

「はい」

「この刀に憑いているということは……あなたは私のご先祖様に殺されたのですか？」

丈之助の母からの問いかけに、平助は苦しそうな表情を浮かべながらうなずいた。

「あなたとご先祖様の間に、一体なにが？」

さみしそうに目を伏せると、平助は己の過去について話し始めた。


平助の家が代々村長をつとめている村は穏やかで互いに助け合いながら平和に暮らしていたが、領主が代わったことで平和は崩れ去った。

新たな領主は圧政を敷き、いきなり上がった税に村人たちは苦しんでいた。

天候に恵まれずに不作が続いた年も、領主は容赦なく税を取り立ててきた。

協力し合い、必死になって耐えてきたものの、とうとうこれ以上は耐えられない状況にまで追い込まれてしまった。

ある日の夜中、ある決意をした平助は親友の伝蔵を家に招いた。

他の者に話すよりも先に彼に聞いてほしいと思ったからだ。

「どうしたんだよ、こんな夜中に呼び出して」

「すまないな」

「気にすることはない。それに初めてなわけでもないんだ」

伝蔵は慣れた様子で座敷に上がり、平助の隣に腰を下ろすと、あぐらをかいた膝をポンッと叩いて笑ってみせた。

そんな彼にこれから伝えることを思うと胸が痛んだが、伝えないわけにはいかなかった。

「……今日はお前に聞いてほしい話がある」

「そんなに改まってどうしたんだよ？」

笑って肩を叩いてくる伝蔵の手を振り払い、平助は告げた。

「平助？」

「一揆を起こそうと思っている」

その言葉を聞いた伝蔵の顔から笑みが消えた。

「……お前、一揆って正気か？」

「正気でなければ、こんなことは言えないだろう」

「無茶だ……なぁ、考え直せよ」

伝蔵は思わず平助の肩をつかんだ。

食い込む指の強さは村人が平助をどれだけ思っているかを伝えてくる。

「一揆を企んでることが領主に知られたらどうなるか。知らないわけじゃないだろ」

一揆の企てが内通者によって領主に告発され、見せしめとして殺された。

「お前も同じように殺されるぞ」

「命がけで訴えれば、もしかすれば」

「そんなわけあるか！　それが通じる領主なら、無茶な税を要求するわけない！」

伝蔵は怒りのままに叫んだ。

「もしお前が死んだら村はどうするつもりだ⁉　お前がいるからこの村はまだ平和でいられ

るようなものなんだぞ!?　それに俺だって」

「それについては考えがある」

　平助が持ってきたのは一振りの刀だった。

「お前、どうして刀なんか……」

「これは俺の一族に伝わってきた刀だ」

　詳しくは知らないものの、かつての先祖は刀を振るっていたらしいが、ここに村をつくると決めるとともに刀を振ることをやめた。そして村長となる者に受け継がれてきたのがこの刀なのだという。

「他人の命をこの手に握っていることを忘れるな……その言葉と共に受け継がれてきたものになる」

「そんな刀を持ってたなんて初めて聞いたな」

「誰かに刀のことを話すのはお前が初めてだ。この刀を見せるのは村長になる者のみと言われていたから」

「そんな大事なものを、どうして俺に見せたんだよ？」

「……俺が死んだら、お前に村長を託したい」

「どういう意味だ……？」

「今言ったこと、そのままの意味ととってもらってかまわない」

「……っ、ふざけるなっ！」

伝蔵は平助の胸倉につかみかかってきた。

その拍子に平助の手から刀が転がり落ち、鈍い音を立てる。

しかし平助は刀を拾うことはなかった。

「お前が死ぬだと？　どうして村のために命をかける必要があるんだ!?」

「俺が村長だからだ。わかるだろう!?」

「わからない、わかってたまるかよ！」

「このままでは遅かれ早かれ、みんなが……お前が死んでしまう！」

負けじと平助も伝蔵につかみかかる。

ふたりの荒い呼吸だけが薄暗い室内に響いていた。

「そんなの……俺は耐えられない……」

「だからお前は死ぬっていうのか!?　それともなにか、俺なら耐えられると思ってるのか？

お前の目には俺がそんな呑気なやつに見えてたのかよ!?」

「それは……」

——そんなわけない。

そう言えれば、どれだけよかっただろう。

しかし、その言葉を口にすることはなかった。

「とにかく一揆なんかやめろ。みんなが生き残る道は他にもあるはずだ」

「悪いが、それは聞けない」

「どういうことだ？」

「周囲の村と、すでに話はつけてある。計画を詰め次第、村の者たちには話すつもりだ。もちろん一揆への参加を強制はしない」

「なら、どうして俺を呼んだ!?　最初からお前の答えは決まってたなら、どうして！」

「最初に言っただろう。お前に聞いてほしかったからだ」

平助の言葉に伝蔵は息をのんだ。

ずいぶんと酷なことを言っている自覚はあった。

それでもどうしても自分の口から伝えておきたかったのだ。

「お前ならわかってくれると信じてる」

「なんだよ……それ……」

「悪かった。こんな話のために呼び出して……ただ、最後にふたりで話したかったんだ」

「そうか……」

平助はまともに目の前の男の顔を見ることができなかったが、手にしていた刀の重みがなくなった。

自分がいなくなった後も、彼にならば大事な村を託すことができる。

その気持ちをわかってくれたのかとそう思っていた時だ。

薄暗い中に一瞬鋭い光を見た気がした。

直後に胸に感じたのは、今まで感じたことのない熱さと痛みだった。

「は……」

声にもならない言葉と共に、気づけば平助はその場に倒れ込んでいた。

じわじわと血があふれ、あたりを汚していく。

そんな平助を見下ろしているのは、血に濡れた刀を手にした伝蔵だった。

「……どう……し、て……」

肩を上下させながら伝蔵は何も言わずに平助を見下ろす。

刀を握る手は自分がしたことへの恐ろしさのせいか、ひどく震えている。

しかし平助を見ている目は、これまでに自分をまっすぐに映していた瞳となにも変わりはなかった。

「────」

伝蔵が平助の名前を呼ぶ。

そこでようやく平助は気づく。

もっと早く話していれば、頼っていればよかったのだと……。

しかし、すべて遅かった。

そのまま平助の意識は深い闇へと沈んでいった。

「そして気づけば、この刀に憑いていました。なぜこうなったかは俺にもわかりません。ただ俺は何もできないまま、刀を通して彼を見ていました」

伝蔵は平助の願いを叶えて、自分にかわって村長として村をおさめた。

しかし自責の念から逃れるためなのか。自分がこの刀で斬ったのは鬼だと言い出し、村を苦しめた鬼を斬った刀として自分の手元に置くようになっていた。

それだけならばよかったのだが、ある日、事件が起きた。

突然〝こいつらは鬼だ〟と言い出し、村の者を斬りつけたのだ。

この件がきっかけとなり伝蔵は家に幽閉され、やがて病にかかって死んでいった。


「刀は遺品として、よその村へ嫁いでいた伝蔵の妹に届けられましたが、それから数年に一度この刀で人を殺して刀に憑いている鬼に血を吸わせなければ災いが降りかかるという言い伝えが生まれました」

「なるほど……さらにその刀で斬られ、鬼と伝えられてしまった者たちの恨みが募り、妖刀と言われるまでに変化したか」

「そのとおりです」

璃兵衛に平助はうなずいてみせた。

「元は先祖が持っていた、何のいわれもない刀ですが、まさかこんなことになるとは……」

「本当に申し訳ございません……」

話を聞いた丈之助の母は平助に頭を下げた。

「なにも知らなかったとは言え、私は、あなたに血を浴びせるおこないを……」

「あなたの息子を守りたい、けれど他人を殺すことはしたくないという葛藤は刀を通じて伝わってきました。そして、なぜあなたの手に刀が渡ったのかも……あなたたちに災いが降りかかることはありません。どうか安心してください」

平助は言外に許すと伝えているのだが、丈之助の母は受け取ろうとしなかった。

「刀について見て見ぬふりをしてきた責任はあります……私はあなたと、そして鬼として理不尽に命を奪われた者たちを鎮めるため、出家しようと思います」

「そこまですることはないはずだ。刀を押し付けられて巻き込まれたひとりであろう？」

レンの言葉に丈之助の母はうなずいた。

「たしかにそうかもしれません。しかし事件を起こしたのも事実です。そしてあなたたちが私にたどりついたのであれば、他の者に私が犯人だと気づかれてもふしぎはありません」

「自分が犯人と気づかれる前に出家すれば、息子にも迷惑がかからないからか」

「えぇ……もともと出家することは考えていました。理不尽に人を傷つけたことを反省し、被害者の一日も早い回復を祈るため。そして二度と親族に利用されないために……私のせいで丈之助が利用される、それだけは避けたいのです」

「……っ、ならば、俺もともに出家します」

「なりません！　丈之助まで母に付き合う必要は」

「母上に疑いを持っていながらも、俺は止めることができませんでした……俺にもこの件の責任はあります。ともに父上と、そしてこの刀のせいで死んでいった者たちを弔っていきましょう。父上ならば、俺たちの決断をわかってくれるはずです」

母と息子のやりとりを聞いていた平助は口を開いた。

「……丈之助というのですね。あなたは親友にそっくりです。大事な人のことをそんなにも深く思えるところが、本当によく似ています」

平助は丈之助を見て、なつかしそうに目を細めた。

「彼があぁなってしまったのは、俺にも責任があります。彼の気持ちをもっと考えていれば、彼と話していれば、あんなことにはならなかったかもしれない……もう一度会って謝ることができれば」

「お前が刀に憑いているのは、その親友とやらへの想いもひとつの原因だ」

「そうですか……」

平助は璃兵衛の言葉を受けとめるとさみしげにほほえんだ。

「なら、俺は刀から離れることはできないようですね。彼と会うことは二度と叶わないのですから」

「いや、そうとは限らない」

平助の言葉を否定したのはレンだった。

「さっきは気づかなかったが、もうひとり、この刀に憑いている者がいる。正確には鞘のほうにだが」

「もうひとり……まさか伝蔵が？」

「それはわからない。平助に比べるとずいぶんと力が弱く、人の形を維持することはできない。鞘から呼び出した魂を降ろす先が必要だ」

「だったら俺にその彼を降ろすことはできないだろうか？」

レンの話を聞いて名乗り出たのは丈之助だった。

「俺がその親友にそっくりだと言うなら、俺が適任だろう」

「魂を降ろすということは一時的に身体を乗っ取られることと同じだが、いいのか？」

「これで罪滅ぼしになるとは思わないが、今の俺にできることがあるならば協力させてほしい。それに俺にも友人がいる。その友人から璃兵衛とレンを紹介してもらうことがなければ刀のこともなにも知らないままだった」

丈之助は璃兵衛とレンを見た。

「ふたりには礼を言う」

「礼を言われることはなにもない。逆にお前はこれでよかったのか？　俺たちがお前に協力することがなければ、何も知らないまま、これまでと同じように過ごすことができただろうに」

一度知ってしまったことは忘れることはかなわない。

中には見なかったふりをするのがうまい人間もいるが、丈之助やその母はそのような真似ができるような人間ではない。

「そうかもしれないな。だが、俺は知ることができてよかったと思っている」

「お前も富次郎に似てお人好しだな」

「それを言うなら璃兵衛もだ。母上と俺のためにここまでしてくれて……お人好しもいいところではないか」

お人好しなどと言われたことがない璃兵衛は数回目を瞬かせ、ふいっと顔を背けた。

「くだらないことを言うな。さっさと呼び出して、こいつに降ろすぞ」

璃兵衛が目を閉じるのに続いて、レンも同じように目を閉じる。

ばさり、と鳥の羽音がどこからともなく聞こえ、目を開くとレンの瞳は青く輝いていた。

「鞘を持て」

「これでいいか？」

レンに言われるままに丈之助が鞘を手にすると、丈之助のすぐそばで鳥の羽音が響く。

気づけば丈之助のすぐ目の前には、丈之助とよく似た青年が立っていた。

「彼が、ご先祖なのか……」

丈之助は動くことはできないが、口は自由に動くようで驚いたようにつぶやいた。

「……ここは？」

ふしぎそうにあたりを見回していた伝蔵は平助の姿を見つけると目を見開いた。

「どうして、お前がここに……お前は、俺が」

「俺はずっと刀に憑いていたんだ」

「そう、だったのか……じゃあ、まさか見てたのか？」

「あぁ……村長になったお前がおかしくなっていくところから、ずっと……」

「そうか……」

伝蔵は大きく息をつくと肩を落とした。

「お前を鞘から呼び出したのは俺たちだ。なぜあんなことをしたのか話を聞かせてくれ」

「なぜそんなことを」

「お前の子孫は、お前のせいで妖刀となった刀を押し付けられた。責任は取るべきだろう。その子孫はお前に身体を貸している男とその母親だ」

「俺も知りたい。お前があぁなってしまったのは俺にも責任がある。どうか聞かせてくれ」

伝蔵は黙っていたが、平助にうながされて口を開いた。

「……夜中に呼び出されてお前の決意を、村のために命を差し出す覚悟を聞いて、怒りしかなかった」

伝蔵はきつく拳を握り締めると平助を見た。

「お前はいつもそうだ……どうして俺に相談してくれなかったんだ、どうしてなにも言ってくれない!?　お前にとって俺はそんなにも信用できない、頼りない男だったのか!?」

「それはちがう！　お前だから俺は言えなかったんだ……」

「あの時の俺は怒りしかなかった……」

すでに平助の中で覚悟は決まっていたのだ。

この一揆が成功する確率は低く、そして自分が死ぬであろうことも。

村のために己の命をかけることも……。

伝蔵の知らないところで平助は死ぬことを決めてしまっていたのだ。

もう伝蔵の言葉も手も届くことはない。

そんな残酷な覚悟をわかってくれると信じていると言われても、伝蔵にとってその言葉はどんな言葉よりも残酷で胸を引き裂くものだった。

しかしそのことを平助はまったくわかっていない。

わかっていないからこそ、いつもと同じようにそんなことが言えるのだ。

そして自分の命を平気で差し出そうとしているのだ。

伝蔵たちのためだと？

ふざけるなふざけるなふざけるなふざけるなふざけるなふざけるな……。

——ふざけるな！


「気づいた時には刀を手にしていて、足元には血まみれの平助が転がっていて……俺が、怒りに任せて殺してしまったとわかってからは、そのことを隠すのに必死だった」

伝蔵は〝平助は理由あって急ぎ村を発った〟〝自分は平助から直々に留守を預かったため

自分が平助のかわりをつとめる〟と説明し、村長となった。

村の者たちも最初は困惑していたものの伝蔵を村長と認めていった。

さいわいなことに、しばらくして領主は病で亡くなり、村には再び平和がおとずれた。

その後も伝蔵は平助の不在をごまかし、かわりに村長として村をおさめ続けた。

次第に村の者たちもいなくなった平助を気にすることはなくなっていった。


「その頃には平助の遺体もすべてなくなった。不安に思うことは何もない、あとは己の腹の中に抱えて墓まで持っていくだけと思っていた」


しかし気づけば眠れない夜を過ごすことが増えた。

悪夢を見ては目を覚ますたびに身体を丸め、腹を抱えるようにして目を開けたまま朝まで過ごした。

そんな夜が一日、また一日と増えていくうちに、おかしな幻覚まで見るようになった。

ここにはいないはずの平助が村の者たちを率いて領主のところに向かおうとしている。

領主はすでに死んだ、これは幻覚だと。

わかっていても、それは伝蔵にとって恐ろしいものであった。

——あれは平助ではなく鬼だ。

——平助のふりをした鬼が俺を苦しめている。

必死に自分に言い聞かせるようになり、その言葉が歪んでいき〝村を苦しめた鬼を斬った刀〟だと思い込むようになった。

だが伝蔵は周囲は自分が平助を殺していることに気づいているのではと、どうしようもない不安と罪悪感に襲われるようになった。

そしてあの日、見舞いにやってきた村の者を鬼だと思い込み、平助から受け継いだあの刀で斬りつけてしまった。


「その後は死ぬまで家に幽閉されて過ごした。やがて病にかかって寝たきりになって、そのまま俺は死んだ……」

「伝蔵、本当にすまなかった……俺がお前の気持ちをわかっていれば、あのようなことを言わずにすんだ」

「謝るのは俺のほうだ。あんなことを聞かされて、怒りのままに俺は……本当に悪かった」

互いに向き合い、謝罪を口にしていたふたりの姿が少しずつ薄くなっていく。

「心残りとやらはなくなったようだな。だが成仏するとは言え、お前たちが行く先は極楽だとは思えないが」

「そうだろうな……覚悟はしている」

「俺もだ。だが後悔はしていない。それに」

伝蔵は平助の肩にその手でふれると幸せそうな笑みを浮かべた。

「このような形で平助にまた会えただけで十分だ」

丈之助の手から自然と離れた鞘が地面に落ちる音とともに、ふたりはその姿を消した。

レンは鞘を拾うと刀をおさめた。

「もう刀に憑いているものはいない」

「そうか……よかった……」

「改めて聞くが、丈之助たちはどうするつもりだ？」

「私の気持ちは変わりません」

「俺も気持ちに変わりはない」

ふたりの意思の強さに璃兵衛とレンはなにも言わなかった。

「その刀だが、よければ璃兵衛の店に置いてはもらえないか？」

「それはかまわないが、お前はそれでいいのか？」

「あぁ。もちろん、璃兵衛がよければの話だが」

「ならば、ありがたく譲り受けるとしよう」

「ありがとうございます」

「良き友に、そして璃兵衛とレンに出会えて、俺は幸せ者だ！」

丈之助と母はふたりに礼を言うと、寄り添うようにして静かに歩き出す。

夜の中にとけるように遠ざかっていくふたりの姿が見えなくなるまで、璃兵衛とレンはふたりを見送っていた。

数日後の瓦版には斬りつけ事件の顚末《てんまつ》について書かれていた。

なんでも一連の事件は鬼の仕業だったらしく、被害にあった者たちの他に、とある一族の者たちが夜のうちに行方不明になり、現場にはおびただしい血の跡が残されていたという。

さらに事件を熱心に追っていた正義感あふれる同心とその母親の行方までもわからなくなり、ふたりも鬼に食われたにちがいないと締めくくられていた。

「この事件は鬼の仕業ではないか、ということだそうだ」

「そうか」

鬼に食われたとされている同心と母親は、丈之助とその母のことで間違いないだろう。

瓦版を読んで聞かせたレンに璃兵衛はとくに興味を示すことはないが、店にある棚にはふたりから譲り受けた刀が置かれている。

「……少しいいか？」

「富次郎か」

店にやってきた富次郎はいつもとちがい、どこか沈んだように見える。

璃兵衛とレンには心当たりがあったが、あえてなにも言わずにいた。

富次郎はいつものように座り込むことはせず、口を開いた。

「なぁ……」

いつものように璃兵衛がこたえる。

「なんだ？」

「丈之助について……いや、やっぱりなんもない」

「いいのか。富次郎はそれで」

レンがたずねると、富次郎はいつものように笑ってみせた。

「あいつが考えて選んだことや。俺が口出しすることはない」

今回の件について、富次郎がどこまで気づいているのかはわからない。

富次郎が言葉にしないことを選んだのであれば、こちらもそれをあえて聞くのは野暮だが、これくらいならば許されるであろう。

柄にもなく璃兵衛はそんなことを思いながら口を開いた。

「ひとつだけ教えておいてやる。良き友に出会えて自分は幸せ者だと、そう言っていた」

「そうか……それを聞けただけで十分や。ありがとうな」

「礼を言われることはしていない。それよりも巡回の途中だろう、さっさと行け」

「そうやったな。ほな」

店をあとにした富次郎の足音が遠ざかっていき、店内は再び静けさが戻ってくる。

「私もついでにいいか」

璃兵衛が棚にある物へと伸ばしかけていた手を止めたのを見て、レンは続ける。

「平助が刀に、伝蔵が鞘に憑いていたのはなぜだ?」

「どうして、そんなことが気になるんだ?」

「あの刀は平助のものだが、伝蔵はその刀で平助を斬り殺した」

「そうだったな」

「ならば、あの刀に憑かれていたのは伝蔵だったはずだ。だから鬼だなんだと次第におかしなことを言うようになり村人を斬りつけた。だとすれば、刀に憑かれた伝蔵をおさえるために平助が鞘に憑いているのが自然ではないのか?」

「ずいぶんと難しく考えているようだが、簡単な話だ。大事なものを自らの中におさめたのが村人だったから。それだけだ」

「自らの中におさめただと?」

「彼らの話の中でひとつ謎がある。殺した村長の遺体がなぜ見つからなかったかだ」

「言われてみればそうだな。遺体を隠すなどそう簡単にできることではないが、伝蔵は一体どうやって……」

そこでレンはあの時、伝蔵が話していたあることを思い出した。

「おい、まさか……」

「あくまでも、それは俺たちの想像にすぎない。まさに真実は腹の中だ……」

# 第五話　青い目、いわく

今日も相変わらず、祝久屋蓬莱堂に客の姿はない。

しかし璃兵衛は気にするそぶりもなく、帳場で手元にある本へと視線を落としている。

「なんだ、その本は」

見慣れない赤い文字に思わずレンはまゆをひそめた。

「あぁ、最後まで読んだ者が死ぬ本だそうだ」

言うと同時に璃兵衛は本を閉じる。

「気味が悪い」

一瞬見えたページになにが書いてあるかまではわからなかったが、赤いインクに見えたそれは血だった。

「そう言うな。このようなものがあっては安心して夜も眠れないのだろう」

璃兵衛はもっともらしいことを言ってみせるが、それが本心でないことはわかっている。

璃兵衛は夜も眠れないどころか、押し付けられた物に目を輝かせているのだから何とも言えない。

「それに安心しろ。これは偽物だ」

「どうしてわかる？」

「文字は血で書かれたもの、内容も人を呪うものだが、最後まで読み終えた者が死ぬ本なら、どうして俺はここにいる？」

「たしかにそうだ」

「この血もおそらく牛か馬の血でも使ったんだろう」

残念だと深くため息をつく璃兵衛に、レンは呆れたように言った。

「お前はもう少し自分のことを気にかければどうだ」

「噂なら気にするだけ無駄だ。否定したところでまた別の噂が生まれる。お前が店に来た時もそうだっただろう」

この店にレンが来たばかりの頃は珍しい容姿のレンを一目見ようと、ひっきりなしに店先に人が訪れていた。

「噂は良くも悪くも人を呼ぶ。それなら、あの世から追い返された青い目の店主がいる唐物屋と言わせておいた方が、箔がついていい」

「それは箔と言ってもいいものなのか？」

「少なくとも俺にとっては箔だ」

無理に口を閉じさせるのではなく、うまい餌で口を開かせれば、ただの噂もいい宣伝になる。そう璃兵衛は考えていた。

現に噂のおかげで、これまでに店を訪れた者たちの相談を聞いてきた。

この姿を見た他人がどう感じるかはわからないが、目の色や容姿を餌に他人の口を開かせることくらい可愛いものだ。

他と異なるものは目や心を惹きつけ、時にそれらは魔性と称されることもある。

無意識の美は傲慢か。それとも、ただ無関心なだけなのか。

そこで璃兵衛の目の前に影が落ちたかと思うと、それはレンの手のひらだった。

「少し落ち着け」

「いきなりどうした」

目の前に広げられた手を鬱陶しげに払いのけた璃兵衛に、レンはちょうど近くにあった棚に置かれていた小さな白い鏡台を手に取った。

「見てみろ」

鏡に映る璃兵衛の目は薄暗い店内でぼんやりと青く輝いているかのように見えた。

璃兵衛は自身が思っていた以上に、レンに意識や色々なものを随分と傾けてしまっていたようだ。こうなってしまってはごまかしもきかない。

「そんな鬼みたいな顔をするな。少し考え事をしていただけだ」

「よからぬことを考えているのではないだろうな」

「ひどい物言いだな。一体どこでそんな言葉を覚えた？　船の中か？」

「大体の言葉はそうだ。お前のおかげで言葉の種類は随分と増えたが」

まさか皮肉まで言えるようになったとはと璃兵衛は素直に感心した。

「それで何を考えていた？」

「せっかくなら、お前のことも噂に足してもらおうかと考えていただけだ」

「……お前の考えはやはりよくわからない」

「所詮は他人同士、それが当たり前だ。分かり合えるなど傲慢な考えにすぎない。仮にわかり合うことができれば、いわくつきのものなどないだろうな」

璃兵衛は文机に置いた鏡台の鏡に映り込んだ誰かに向かって話しかけた。

「いつまでそこでそうしてるつもりだ？」

しかし一向に客は中に入って来ようとしない。

「……大丈夫だ、俺もこいつもお前をとって食ったりはしない」

レンの言葉を聞いて、おそるおそる店の中に入ってきたのは七歳ぐらいの少女だった。

ここのあたりでは珍しい真っ赤な着物に身を包み、肌は璃兵衛と同じか、それ以上に白く、小さな唇も紅をひいたように赤い。

思いがけない客に璃兵衛はほんの一瞬、青い目を見張った。

「……さすがに、こんな客が店に来るのは初めてだ」

「いいのか？」

「客に変わりはないからな」

少女は土で汚れた小さな手で赤い着物をつかみ、なにかに耐えるようにしながら、じっと璃兵衛の目を見ていた。

「青い目や……玻璃の鏡に跳ね返されて閻魔さんに追い返されたってほんまやったんや」

「玻璃の鏡？　なんだ、それは？」

「地獄にある亡者の生前の罪を映すと言われる鏡だ。また新しい噂が生まれていたか」

なぜか楽しそうに呟く璃兵衛の隣でため息をつくレンに少女は視線を移した。

「じゃあ、その人は鬼さん？」

「鬼だと……私が？」

少女はレンを見ていた。

「うん、この世に戻ってきたお兄ちゃんがあかんことしんように、一緒についてきた鬼がずっとそばで見張ってるんやって」

「いや、私は鬼では」

「ふっ、鬼か……俺が噂を付け足すまでもなかったようだ」

着物の袖で口元を隠しながら笑っていた璃兵衛はレンににらまれて笑うことをやめると少女に問いかけた。

「それで一体なんの用だ？　この店がどんなところか知った上で来たのか？」

「うん、知ってる。そやから持ってきてん。これ……」

少女は胸元から赤い櫛《くし》を取り出すと、璃兵衛に差し出した。

「いわくつきのもの持ってきたし、うちのお願い聞いてくれる？」

小さな手の上にあったのは庶民の間でよく出回っているツゲの櫛だ。

赤い花模様がいびつに咲いており、とくに珍しいものではなかった。

なにも言わずに櫛を受け取り、じっとながめている璃兵衛に代わりレンが問いかけた。

「名前はなんという？」

「茜《あかね》……」

「茜はなぜここに？」

「うちがここに来たんは……からっぽになったお母ちゃんを、ちゃんとあの世に送ってもらいたいから」

そこで璃兵衛は口を開いた。

「からっぽとはどういうことだ？」

「お母ちゃんはひと月前に病で死んだ……お父ちゃんは、最初からおらん……」

茜は悲しみに耐えるように小さな手をぎゅっと胸元で握り締めながら言葉を続けた。

「せやから悲しかったけど、うちがお母ちゃんを送ったげなって。ほんで、親切な坊さんに供養してもらえるようになって……けどな、うち、見たんや」

「なにをだ？」

「あの世に送る前にお母ちゃんを綺麗にしたげるからて、お母ちゃんを別の部屋に連れてって……けど、うち、まだお母ちゃんと一緒におりたくて。ほんで部屋のぞいたら、お母ちゃんのお腹開いてて、からっぽで……その後はよくわからん……」

その時のことを思い出したのか、茜は頭を抱えて震えていた。

「それはつらかっただろうな……それで茜はどうしたい？」

「お母ちゃんをちゃんと元に戻して送ったげたい……うちにできるんはそれしかないから」

「それしかないと言っても、茜は」

「わかった」

璃兵衛は答えると茜は見た。

「ほんまに？」

「あぁ、お前の母親はちゃんと元に戻して、あの世に送る。約束しよう」

「じゃあ、指切りしてくれる？」

「あぁ、もちろんだ」

璃兵衛が茜と交わした指切りはひんやりと冷たかった。


店に持ち込まれた〝座れば死ぬ椅子〟に腰をおろし、茜から渡された櫛をながめる璃兵衛にレンはたずねた。

「あんなことを言ってよかったのか？」

「断るほうが鬼だろう。いや、鬼はお前だったな」

櫛を胸元にしまうと璃兵衛は近くに置いていた人形を膝の上にのせ、腹部にはめ込まれた作り物の臓器を白い指先でなぞりながら告げた。

「それに空っぽの遺体なんて面白いと思わないか？」

「わかってはいたが、お前は本当に悪趣味だな」

「どうとでも言え」

嫌悪感を隠そうともしないレンに、璃兵衛は平然と告げた。

「あんな必死な願いを断れるものか。さすがの俺も人でなしじゃない」

「どうだろうな」

呆れたように言うレンを無視して璃兵衛は人形に目を向ける。

「エジプトのミイラは遺体から臓器を取り出して処理をする。それはミイラがこの世によみがえった時のために身体を保存しておく必要があるから。そうだな？」

「……そのとおりだ。取り出された臓器は処理をされた後、それぞれ壺に入れられてミイラと共に大切に埋葬される」

臓器をおさめる壺はカノプス壺と呼ばれており、その四つのカノプス壺に胃・腸・肺・肝臓がそれぞれおさめられ、ミイラと共に埋葬される。

「しかし、それはあくまでエジプトでの話だ。日本では死体がよみがえることはまずない。死体がよみがえることがあれば、よみがえってきたものは故人とは別のなにかだと考えられる」

かつて日本には死者のよみがえりを防ぐ埋葬法があった他、人間の死体に別の何者かの霊がとりつく〝死人憑き〟と呼ばれる妖怪や怪異もある。

それは生者が死者のよみがえりを恐れていたことや、よみがえった死体は生前の者とは別のなにかであるという考えからきたものだ。

「何を信じようが個人の自由だが、それをするのは何かしらの理由があるからだ」

璃兵衛が指先に力を入れると、作り物の臓器はカコンと音を立てて人形から外れた。

「理由……」

「物事には理由がある。理由があるから、それが起きる……店にある物も不可解なことを引き起こしたり、そうしたことや何かしらの事件が起きた場に置かれていたりしたせいで〝いわくつき〟と言われるようになった」

本物よりも小さく、しかし精密に作られた心臓は璃兵衛の手のひらの上をころりと転がる。

「そう考えると、死んだ人間の腹の中を空っぽにする理由はなんだろうな？」

傷ひとつない璃兵衛の手のひらにある心臓の模型は、まるで白い皿に捧げられた神への供物のように見えた。

翌日、璃兵衛はレンを連れて同心の富次郎を訪ねた。

見回り中にわざわざやってきた璃兵衛とレンを見た富次郎は目を細め、じっと璃兵衛を見たかと思うと告げた。

「邪魔すんなら帰れ」

「つまり邪魔さえしなければいいんだな」

富次郎は璃兵衛の言葉にため息をついた。

「お前は昔からいつも……」

「一応止めはしたが聞かなくてな」

「い、いや、まぁ、いつものことやしな」

璃兵衛の後ろから顔をのぞかせたレンに富次郎はびくりと肩を揺らした。

「お前はこいつと夜道で会った時に幽霊と間違えて叫んだことを気にしているのか？」

「そっ、そんなことあるかいな！　俺は同心やぞ!?」

必死で強がってみせるが声が裏返っている。

「んで？　わざわざ見回り中の俺のとこに来るほどの用ってのは何なんや？」

「昨日、亡くなった母親の腹の中が空っぽになっているのを見たという子どもが店にきた」

璃兵衛は事実を淡々と告げたが、それを聞いた富次郎の顔から血の気が引いた。

「いや、ちょお待て。腹の中が空っていうんは、つまり」

「母親の遺体の腹が開かれ、臓器がなくなっていたということだろう」

「惨《むご》い話や……母親を亡くしただけでもつらいのに、そんな……うぅ……」

富次郎はその場面を想像してしまったのか。

顔を青くすると手のひらで口元をおさえた。

「泣いたり吐きそうになったりと忙しいやつだな」

「むしろ、なんで腹開いた話を見聞きして、ケロッとしてんねん、お前は！」

またその場面を想像してしまったらしく、富次郎は再び口元をおさえた。

「大丈夫か？」

「あぁ、悪いな……」

レンが背中をさすってやると少しは気分も楽になったようで、口元から手を離す頃には富次郎の顔色も元に戻っていた。

「それと同じような遺体が最近見つかっていないか。それをお前に聞きに来た」

「なるほどなぁ……少なくとも俺が担当しとるとこで、そんな遺体は見つかってへん」

「他に何かないのか？」

「何かって言われてもなぁ……」

富次郎は困ったように頭をかいた。

「お前が知っていることでいい。幼馴染に世間話として語る分には問題はないだろう？」

「どういうことだ？」

たずねるレンに璃兵衛は答えた。

「さっきは同心としてのこいつに聞いた。そして今は幼馴染としてのこいつに聞いている。こいつが頭をかく時は何か知っている時だからな」

「げっ！　ほんまか!?」

璃兵衛の指摘に慌てる富次郎を璃兵衛はじっと見ていた。

「お前、やっぱり何か知っているな？」

「やっぱりとはどういうことだ。頭をかくのを見て、知っていると思ったのではないのか？」

「いいや。俺は鎌をかけただけだ。まさか同心ともあろう男が、こうも簡単に引っかかるとは思わなかったが」

「なるほど、そういうことか」

「あー、もう！　降参や、降参！」

富次郎はやけくそのように叫ぶと、声をひそめてふたりに話しかける。

「……お前、どこまで知っとるんや？」

「俺が知っているのはさっき話したことで全部だ。ただ情報も集まる先は選ぶ。お前は幽霊嫌いの怖がりではあるが、好かれている同心であることには違いない。そうした人間のほうが情報も集まりやすいだろう」

「勝手な時だけ、俺をほめるようなことを言いおって……」

富次郎は諦めたようにため息をつくと話し出した。

「言うても惨い事件とかやないぞ。ここんとこ阿片の盗難が続いとるとか、菩薩て呼ばれとる坊主がおるとかくらいで……」

「阿片の盗難とは穏やかではないな」

「阿片……？」

聞きなれない言葉にレンはいぶかしげな顔をする。

「麻酔、痛みを取り除く薬として使われている。芥子《けし》と言えばお前にもわかるだろう」

「あぁ、あの花のことか」

レンがいた国でも芥子は薬の一種として使われており、阿片は芥子の実からつくられている。

「だが、あれは大量に使うものではなかったはずだ」

「お前が言うとおりだ。容量を守れば薬になるが、間違えれば取り返しのつかないことになる。犯人探しよりも阿片の行方を探すのが先だろう？」

「耳が痛いわ……」

富次郎は深くため息をついた。

「阿片の行方は追ってるもんの、どういうわけか全く足取りがつかめんのや。それと阿片を盗まれた医師いうんが、これまた厄介でな」

「無免許医師か」

「あぁ……せやけど、そうした医師がおるから、治療を受けられるもんもおる。ただ、そのせいで被害を届け出えへんもんもおるからな」

阿片を取り扱うことができるのは、ごく一部の医師のみだ。

それなのに、なぜ無免許の医師が阿片を持っていたかを問われることになれば、阿片が盗まれたと届け出ない者もいる。

おそらく富次郎たちが把握している以上の阿片が盗まれていると考えていいだろう。

「このままやったら治療や手術ができんくて、助かるはずやった者も助からんようになる。己の利益のためだけに大勢の命を救うはずのもんを盗むんが、俺は許せへん」

富次郎は悔しさをにじませ、拳を己の膝に叩きつけようとする。

その拳を止めたのはレンだった。

「お前……」

「富次郎の怒りは正当なものだ。だが、拳を叩きつける先を間違えている」

「お前は昔から曲がったことが嫌いな熱いやつだったが、何も変わっていないな」

「璃兵衛……」

「まぁ、いい加減、その怖がりはどうにかした方がいいと思うけどな」

そう言うと璃兵衛はその場をあとにした。

「まったく、あいつは……」

「おい……」

璃兵衛に続こうとしたレンを富次郎が引き止めた。

「なんだ？」

「その、なんや」

「言いたいことがあるなら、はっきり言え」

「……俺がいくら怖がりや言うても、あの時はお前に驚いて悲鳴を上げて、ほんまにすまんかった！」

富次郎はレンに向かって勢いよく頭を下げた。

「あの時……？　夜道でのことか」

「あぁ、ずっと謝っとらんなて気になっとったんやけど、璃兵衛の前で謝るとからかってきそうで、ちゃんと謝れへんと思って。遅うなったけど、ずっと謝りたかったんや」

まさかあんなことで謝られるとは思っていなかったレンは下げられた富次郎の頭を見ていることしかできなかった。

「そのことならば、私は気にしてない。暗闇から急に出てくれば幽霊と間違えても仕方ないことだ。それに幽霊というのも、あながち間違いでは」

「はぁ？　んなわけあるかっ！」

レンの言葉を遮った富次郎の叫び声に、レンは思わず目を丸くした。

「お前のどこが幽霊やねん!?　足もあるし、俺とこうやって話しとるやろ！」

足のある幽霊もいることは言わない方がいいだろうと、レンは黙って富次郎の話を聞いていた。

「璃兵衛のこともそうや……どいつもこいつも、まともに相手のこともよう見んといてから に勝手なことばっか言いおって！　あの世に行って戻ってきただの、玻璃の鏡だの……そもそも、あいつの目の色は元からあの色や！」

「知っていたのだな。あいつの目の色のこと……」

「ああ。ガキやった璃兵衛が何度も生死の境をさまよっとった頃からの腐れ縁やからな」

富次郎はこどもの頃から璃兵衛に怖がりについてからかわれていたのだろう。

苦々しげに言う富次郎を見て、レンはそんなことを思った。

「富次郎はあいつの目の色のことは、何とも思わないのか？」

「目の色くらいでガタガタ言うわけあるか。璃兵衛が変わっとったんは元からや。それにどうせ噂なんか、ちっとも気にしとらんやろ」

「あぁ。むしろ箔がつくと言っていた」

「箔て……まぁ、あいつらしいわ、ほんま」

富次郎は呆れたように笑った。

「悪かったな、引き止めて。璃兵衛とは待ち合わせしとるんか？」

「いや。だが、あいつの居場所ならわかる。そうなっているからな」

レンが見上げた空には一羽の鳥が羽ばたいていた。

レンが璃兵衛の姿を見つけたのは、とある長屋の近くだった。

「あんたぁ……しっかりしてや、あんた……！」

長屋の一室からは泣き叫ぶ声が聞こえ、長屋の住人達は悲しげな表情を浮かべながらも好奇心を隠しきれない目を向ける。

「なぁ、聞いたか？　お春さんの旦那亡くなったんやって」

「やっと金も貯まって手術できるて時に、なんや急に手術できんて言われたとか」

「貯めた金が盗まれたせいで、葬式もあげれんなんて……気の毒すぎて言葉も出えへんわ」

ひそひそと話しているつもりなのだろうが、そのやりとりは近くにいた璃兵衛とレンの耳に届いていた。

「話していたことが現実になったのか」

「阿片の盗難はもう隠し通せないだろうな」

人の口に戸は立てられない。

ごかますことはできたとしても、それも時間の問題だ。

「しかし意外だな」

「なにがだ？」

「阿片の盗難をお前が気にかけていることがだ」

レンからすれば、璃兵衛の行動理由はいわくつきのものが関わっているか、自分が興味をひかれるかどうかがほとんどだった。

阿片の盗難も大変なことではあるが、璃兵衛の興味をそそりそうなものは今のところは何一つない。しかし璃兵衛はこの件を気にかけているようにレンには見えた。

「……まあ、俺も医者に全く縁がないわけではないからな」

そんなやりとりをしていると、お春の長屋に若い坊主がやってきた。

袈裟をひるがえし、かぶっていた笠を取った坊主はお春の部屋の前に立ち、中に向かって話しかけると、やがてお春であろう女性が涙で濡れた顔をのぞかせた。

何を話しているかまでは聞こえなかったが、その場を後にする坊主にお春は涙を流しながら何度も頭を下げていた。

「一体、何を話していたのだ？」

レンと同じことを思ったのか。

長屋の住人達はお春に駆け寄った。

「お春ちゃん、大丈夫か？　それにさっきの坊さん、誰なんや？」

「さっきの方は安楽《あんらく》という方で……うちのかわりに、タダで葬式を出すて」

「安楽て、聞いたことあるわ！　葬式を出せん家族のかわりに葬式出したり、身寄りのない遺体を引き取って供養しとる坊さんやて」

「ほんまにもう菩薩のような方や」

お春は涙を流しながら胸の前で両手を合わせた。

「金を盗られて旦那の葬式も出せへんうちにも、あんたはなんも悪うないて優しい言葉かけてくれて……」

「お春ちゃんはなんも悪うないに決まっとる。うちらはわかっとるから、な？」

「せやで、元気だし。うちらでよかったら手伝うし、何でも言うて」

「おおきに……」

住人たちに慰められて涙をこぼすお春に背を向けて璃兵衛は歩き出した。

「もういいのか」

「ああいうやりとりは蛇足でしかない。それよりも富次郎とは、あの後どうだったんだ？」

「どうと言われてもな。お前のことを頼むとは言われたが」

「俺を頼むか……まぁ、お前と富次郎なら仲良くやれるだろうと思っていたが、ずいぶんと仲良くなったものだ」

「どういうことだ？」

「富次郎は情に厚い。自分に非がなくとも悲鳴を上げたことをずっと気にして、わざわざ謝るくらいにはな」

璃兵衛には富次郎とレンのやりとりはお見通しだった。

「……お前、よく周りの者から性格が悪いと言われないか？」

「あいにく、そんなことを言ってくるほど親しいやつはいないな」

この言い方は、まるで誰かに性格が悪いと言われたいようだ。

自分の発言に気づいた璃兵衛は小さく笑みをもらした。

「なにを笑っている?」

「いや……あの世とこの世を隔てる三途の川を渡るためには六文銭、つまり金がいる。あの世ですら金がいるのに、それをタダとはさぞ徳を積んだんだろうと思ってな」

隣を歩くレンはそんな璃兵衛を胡乱《うろん》な目で見ていた。

「お前、気持ち悪いぞ」

「気持ち悪いとは随分な言い方だな。そう言うなら、お前が笑ってみせればいい」

「いきなり笑えと言われても……」

璃兵衛に言われたレンは珍しくうろたえていた。

「とりあえず口の端を上げてみろ。難しいなら俺が上げてやろうか?」

「遠慮しておく」

「まぁ、そういうな。鬼が笑うという言葉もあるんだ」

なぜこんなことをと思いながらも、一度言い出せば聞かない璃兵衛の性格を理解しているレンはため息をつくと、すっかり硬くなってしまった顔の筋肉を動かして、どうにか口の端を上げてみせる。

「……こうか?」

レンの表情はお世辞にも笑顔とは言えず、勇ましい鬼瓦を彷彿とさせる。

「なるほど……無理をしてもいいことはない。勉強になった」

「私にやらせておいて、なんだその言い草は」

「そうは言っても、お前の今の表情は鬼のようだからな。まぁ、あの世から追い返された男とそれを見張る鬼が寺に行くのも、また一興」


「ここだ」

璃兵衛が足を止めたのは、とある古びた門の前だった。

その横には安生寺《あんしょうじ》と書かれた最近つくられたらしい木札が掲げられている。

「ここは廃寺だったそうだが、安楽が私財を投じて建て直したらしい」

「調べたのか？」

「〝耳があるのは壁だけとは限らない〟だろう」

「お前、また勝手に」

璃兵衛はレンの言葉を無視して門を潜《くぐ》り、本堂へと向かう。

そのあとをレンも追う。

寺は意外にも広かったが、私財だけではすべてをまかなうことはできなかったようで修理が行き届かず、手つかずのお堂も見られる。

「しかし私財を投じて、ここまで建て直すとは」

レンは寺が珍しいようで、歩きながらあたりを見回している。

「時代や国に関係なく、他人のために金を出した者は尊敬や地位を得られるものだからな」

古代ローマなどでは道路や建物の設備のために必要な費用を出した貴族が自らの名前を道路や建物につけることもあった。

「かつてこの国にいた貴族の中には自身の出世や地位のために他人を利用し蹴落とし、散々なことをしておきながら地獄に堕ちるのは嫌だとぬかし、寺に寄進をした者もいる。行く先が天国だろうが地獄だろうが金がいるのは事実ということだ」

たどり着いた本堂は新しい畳が敷かれ、入り口に広げられた煌《きら》びやかな屏風が寺を訪れる者を迎え入れる。

入り口まで漂ってくるこの香りは日々の勤めに使われている護摩だろうか。

「これは……」

「おまたせしました」

やがて奥からあらわれたのは、長屋で見たあの坊主だった。

年齢は二十歳くらいだろうか。

剃髪していることでくっきりとした目鼻立ちが際立っており、左目の目元にはよく見れば泣きぼくろがある。

「私がこの安生寺で住職をしている安楽です」

「俺は祝久屋璃兵衛、唐物屋をやっている。隣にいるのはレンだ」

簡単に自己紹介を終えると、璃兵衛は屏風に視線を戻した。

「この屏風は漆塗りに螺鈿《らでん》で描かれた花と鳥、随分と高価なものとお見受けするが」

「寺を建て直した感謝としていただいたもので。そんな高価なもんはいただけへんとお断りしたのですが、どうしてもと言われ……寺に来てくださる方にも楽しんでいただければと思うて、ここに飾らせていただいとるんです」

安楽は感謝を示すように屏風に手を合わせた。

「なるほど。これだけ高価なものを贈る方がいるとは心強いだろう」

「いやいや……ところで、そちらの方は異人さんで？」

安楽が示したのは璃兵衛の隣にいるレンだった。

「あぁ。縁あって、うちで働いている」

「それはまた珍しいご縁で。神仏のお導きだったのかもしれません」

「たしかにそうかもしれないな」

そう答えた璃兵衛は声を潜めて安楽に続けた。

「実はこの男、こっそりと海を渡ってきた者で」

「こっそりと言うんは、つまり密航……？」

「ええ。なんでも彼の生まれは砂に囲まれた暑い国だとか」

「……え、あぁ、それは、実に興味深い」

話を聞いた安楽がレンに目を向ける。

その視線はまるで品定めをしているかのようでレンは不愉快そうに顔をしかめた。

「興味深いとは、どういう意味だ？」

「いえ、前に書物で砂に囲まれた国について読んだことがありまして。それにしても異国から来たというのに言葉も上手なことで」

「言葉は、ここに運ばれてくる間に聞いて覚えた。時間なら余るほどあったからな」

「それはえらい勉強熱心なことで」

安楽は改めて璃兵衛に向き直った。

「ほんで、おふたりは何の用でこちらに？」

「お春の旦那さんが亡くなったと聞き、居ても立ってもいられず……」

「あなた、お春の旦那と知り合いで？」

意外そうな安楽に、璃兵衛はさめざめと答えた。

「噂のせいで表立って仲良くすることはできなかったものの、数少ない友人で……しかし、まさか菩薩のような人が本当にいるとは」

「私が菩薩やなどと。ただ己が信じた道を歩んでいるにすぎません」

控えめに言う安楽に璃兵衛は告げた。

「しかし寺にはあなた以外の姿はないようで。よければ、ぜひ手伝いをさせていただきたい……なぁ？」

璃兵衛はレンに視線を送ると、その意味を理解したレンも話を合わせる。

「……あぁ、彼には色々と世話になったからな」

「ふたりの気持ちはようわかりますが、お春もひどく参ってます。旦那を亡くし、その上、金まで盗まれては無理もない……私は夫婦ふたりだけでゆっくりとお別れをさせてやりたいんです」

「それなら、なおさら手伝いだけでも」

「いえ、結構です」

安楽はやけにきっぱりとレンの申し出を断った。

「手伝いなら信頼できる者にすでに頼んでおります。その気持ちだけで、お春の旦那も浮かばれるはず……これから準備があるもので、これ以上は」

「そうですか。お忙しいところ失礼しました」

安楽に背を向けて歩き出した璃兵衛だったが、ある一角に目を向けると足を止めた。

「あちらは墓ですか？　なんでも身寄りのない者の遺体を引き取り、供養しているとか」

「ええ。身寄りがないからと、ちゃんと供養してもらえへんのは気の毒で」

「よければ墓を参らせてもらっても？　手を合わせる者がひとりでも多い方がそうした者たちも浮かばれる。ちがいますか？」

「いえ、そのとおりで……そういうことなら、私が案内を」

「お気遣いありがとうございます。ですが、準備で忙しいと思うので案内は結構です。では、これで」

安楽に頭を下げると、今度こそ璃兵衛はレンを連れて本堂をあとにした。

「はぁ……」

「さすがにあそこまで猫を被ると疲れるか」

「人は見た目で判断し、判断される。よくも悪くもな」

そうぼやいて伸びをする璃兵衛を横目に、茜色に染まっていた空をレンは見上げた。

「このような空の色のことを、たしか茜色と言うのだったな」

「茜のことが心配か？」

「あぁ……大丈夫なのか？」

「時間なら、まだある。それまでに解決すればいいだけのことだ……と、ここだな」

璃兵衛が足を止めた先は、先程話していた身寄りのない者達が埋葬された場所だった。

「これが墓か？」

墓石として、いくつもの石が置かれているのを見てレンは驚いたようだった。

「そうだ。さすがに火葬は無理だったのか土葬にしてるようだな」

大坂では火葬は盛んにおこなわれているが、火葬にすると手間も時間もかかるため、仕方なく土葬にしているのだろう。

「まぁ、本当にそうならばの話だが」

「どういうことだ？」

璃兵衛は積み上げられた石を避けながら墓地の中へと進んでいく。

「おい、なにをしている！　他人の墓所を踏み荒らすなど……とにかく戻れ！」

レンは戻るように言うが、璃兵衛はそのまま墓地の中を歩いていく。

「……くそっ！」

レンは躊躇しながらも、何をするかわからない璃兵衛のあとを追いかける。

璃兵衛は時折墓を眺めながら歩き慣れた道を散歩でもするかのように墓の間を歩いていく。

石が置かれただけの墓は、さほど珍しいものではない。

角石の墓が少ないのは身寄りがない者を供養していることも関係しているのだろう。

「これは……」

墓を見ていた璃兵衛はあることに気付いて足を止めた。

「いい加減にしろ！」

「見てみろ。この墓には塔婆がささっていない」

「塔婆というのは木の立て札のことか？　たしかにこの墓にはそれがないが」

塔婆がささっていないのはその墓だけで、両隣の墓には塔婆がささっている。

見たところ他と同じように石が置かれた墓でとくに大きなちがいはなく、石自体にも変わったところは見られない。

璃兵衛はその場にしゃがみ込むと、墓を手で掘り返し始めた。

「何を考えているんだ、お前は!?」

ひんやりとした土の冷たさを感じていた手をレンに引っ張られ、璃兵衛は立ち上がった。

「なぜこんなことをする？」

璃兵衛に向けられたレンの目は怒りをはらんでいた。

「さっきの話もそうだ。お前はお春の旦那と親しくもなければ、顔すらも知らない。お前のやっていることは死者への冒涜《ぼうとく》だとは思わないのか？」

「思わないな」

「っ……」

それはレンにとっては思いもよらない返答だったのか。

レンは言葉を詰まらせるが、璃兵衛はどこまでも冷静だった。

「仮に死者への冒涜だとしても、俺はやめるつもりなどない。そんなもの今更だ。俺とお前が出会った時のことを忘れたのか？」

「それとこれは話がちがうだろう！」

「それは魂が、お前が言うところのバーが宿っていると考えるからか？　しかし実際は心臓が止まってしまえば、それで終《しま》いだ」

古今東西にある、それぞれの命に対する考え方を否定するつもりはない。

しかし心臓が止まれば人は死ぬのは、まぎれもない事実だ。

「そもそも死者は、何をもって〝死者〟と言う？　死体とはどうちがう？　生前の姿を保ったまま残っていることか？　自分のために泣いて名前を呼んでくれる者がいることか？」

「……めろ」

「しかし、そう定義すれば、俺は死んでも死者とやらにはなれない。俺には泣いて名前を呼んでくれる者はいないからな」

「っ、やめろや！」


璃兵衛が倒れ込んだのは、左の頬に衝撃が走った直後のことだ。

レンの足元に倒れ込んだ璃兵衛を、肩で息をするレンが見下ろしていた。

殴られた左頬に痛みを感じながら、璃兵衛は起き上がった。

璃兵衛とレンの視線が真正面からぶつかり合う。

「その国や場所特有の言葉がとっさに出るのはどれだけその土地に馴染んで、親しい人がいるかに関係しているらしい……」

「それがどうした？」

「お前のほうが、俺よりも余程ここに……この世に馴染んでいるように見える」

璃兵衛はレンに背を向けると、先程掘り返そうとしていた墓に向き合った。

「先に帰ってろ。俺はこの墓を掘り返す」

「お前っ、まだそんなことを!?」

殴ってしまった後悔や心配もあって心配そうに璃兵衛を見ていたレンだったが、懲りることなく墓を掘り返すと聞いた途端に顔色を変えた。

「いい加減にしろ！　お前がやってることは」

「墓泥棒と変わらない。ついでに呪われるとでも言うつもりだったか？　お前が、かつてそうだったように」

璃兵衛が言うとレンは黙り込んでしまった。

「呪われるなど今更だ。幸いなことに呪いには耐性がある」

「だとしても、私がお前を止めない理由にはならない！」

「ならば、俺もお前に止められる理由はないだろう？」

「っ、お前に恐れというものはないのか？」

「そんなもの、とうに忘れた」

璃兵衛の言葉は本心からのものだったが、どう受け取ったのか。

レンはじっと璃兵衛を見ていた。

「ここまでするのはお前自身の目的のためか？」

「目的と言っていいのかはわからないが、俺はただ知りたいだけだ。なぜこんなことが起きているのか、空っぽの遺体の謎を俺は知りたい」

璃兵衛は内から出てこようとする何かをなだめるように左胸をおさえた。

「なぜ、どうして、どんな目的があって……そのことを考えるだけで、ここがうずいてしかたがない。まるで、今にもどこかに飛び立とうとする鳥の羽ばたきのように」

まっすぐにレンを見ている璃兵衛の目が青く光る。

その輝きはまるで璃兵衛の高鳴る鼓動、そして求めるものに応えるかのようであった。

「……勝手にしろ。ただし勝手なところに飛び立たせるな。お前の魂は私の魂でもある。代償を忘れるな」

レンは璃兵衛に背を向けると、その場を後にした。

レンを見送る璃兵衛の頬は殴られた痛みを伝えてくる。

「頭が固いというのも考えものだ……いや、違うな」

（あれは感情を持っている。十数年間生きてきた俺以上に）

璃兵衛が他人の墓を暴くことに変わりはなく、レンの怒りは間違いではない。

璃兵衛は近くの墓に立っていた塔婆を引き抜き、その先を地面に突き立てた。

思っていたとおり、土はそう固くなく、塔婆を受け入れた。

塔婆を使い、璃兵衛は穴を掘っていく。

（あの世という場所が本当にあるなら、俺は地獄に堕ちるだろう）

幼い頃からひとりで何度も生死を彷徨った。

璃兵衛という名前は父親が邪気を退けるとされているラピスラズリという石の和名・瑠璃からつけたものだ。

身体が弱い璃兵衛を思っての名前だったそうだが、その父親は仕入れに行くと出て行ったきり帰ってこなかった。

病弱なわが子を抱え、ひとり残された母親に追い打ちをかけたのは璃兵衛の目の色だった。日の光に照らされて青く見える瞳は、父親と母親どちらにもない色。

おそらく隔世遺伝によるものだが、その青が母親を壊してしまった。

病弱であることを理由に母親は璃兵衛を家の外に出そうとはせず、わが子を日の下にさらすことを拒み続けて亡くなった。

母親亡き後は京都にある母の実家から医師や世話人が手配されたが、いわくつきの物に囲まれた場所に留まることを嫌い、璃兵衛の病は呪いによるものに違いないとそそくさと帰っていった。

唯一、璃兵衛を気にかけてくれたのは富次郎やその家族だったが、それでもずっと面倒をみてもらうわけにはいかなかった。

熱にうかされた夜も、咳き込んで息がうまくできない夜も。

璃兵衛はただひとりだった。

自分はこのまま死ぬのだろうかと思いながら夜を越して目を覚ませば、再び死ぬかもしれない恐怖が幼い璃兵衛に襲い掛かってきた。

やがて璃兵衛は恐怖から逃げるために昼夜問わず、さまざまな書物を読みふけるようになった。病弱でほとんどの時間を床で過ごしていた璃兵衛には時間も、これまで店に集められてきた異国の書物も山程あった。

それらの中でも璃兵衛がひかれたのは、いわくつきのものや呪いにまつわる話だった。

何年も物に宿って生き続ける感情が璃兵衛にはひどく眩しく思えた。

そこまで強く深い感情を璃兵衛は一度も持ち合わせたことがなかったからだ。

病床で抱いた璃兵衛のその思いは、世話人をすべて断り、一日の半分程度を店先で過ごせるようになってからも変わることはなかった。

(……だからこそ、俺は知りたい)

蓬莱堂にやってきたもの達には、一体どのような思いが宿っているのか。

〝いわくつき〟と呼ばれるものになるまでに何があったのか。

(それがわかれば、己のことも理解できるかもしれない)

自分がここに存在し、生きている意味を得られるかもしれないのだ。

やがてカツンと、塔婆の先が何か固いものにあたった。

塔婆の先にある土を手で払うと、丸い木のなにかが顔をのぞかせた。

それは土葬に使われる桶のふただった。

(この中に、遺体が……)

さすがの璃兵衛も墓を掘り起こすのは初めてだ。

緊張を逃すように一度大きく息をすると、木のふたに手をかける。

「あいつから分けてもらっているとは言え……さすがに、重いな……」

じわりと汗をかきながらも、璃兵衛は手に力を込める。

そして、どうにかできたすき間から璃兵衛は中をのぞいた。

「……やっぱり、そうだったか」

（とりあえず一度戻って、いや、この方が早い……）

左胸をおさえながら立ち上がった瞬間、璃兵衛の頭部に強い衝撃が走った。

（……っ、あいつに殴られた時よりは、マシか……）

そんなことを思いながら、璃兵衛は冷たい土の上に倒れ込んだ。

その頃、安生寺をあとにしたレンは来た道を逆にたどり、蓬莱堂へと向かっていた。

先程の璃兵衛のことを思い出すと蓬莱堂に戻るのは釈然としないが、レンの居場所はそこしかないのだから仕方ない。

（いや、元から俺の居場所などなかったか……）

自身に関することの記憶も、己の名前すら、レンは持ち合わせていなかった。

この〝レン〟という名前は璃兵衛がつけたものだ。

よくわからないものに名前や居場所を与えるなど璃兵衛は変わっている。

それだけではなく、まるで川を流れながら生きているかのように見えて実際はそうではなく、むしろ流れに逆らいながら、川底の深いところを見ているようなところもだ。

この国ではあの世に行くまでに川を渡るそうだが、本当に璃兵衛はその川を見たことがあるのではないか。

そんなことを考えてしまうのは、レンが川のそばを歩いているせいだろうか。

(まさかな……あれは、ただの噂話だ)

そこで行く手がやけに騒がしいことに気づいた。

「なにかあったのか?」

気になったレンが近づいていくと、そこには町人達が集まっていた。

「まだこんな小さい子が……」

「かわいそうになぁ」

どうやら川からこどもの死体が上がったらしく、肩を揺らす人達の間をのぞいてみると引き上げられた死体には筵《むしろ》が掛けられていた。

筵越しにもわかる小さなふくらみと筵からのぞいた土で汚れた小さな手と血で染まった着物は人々の悲しみと好奇心を誘うには十分だった。

(これは……)

「退いた退いた! 見世物やないで!」

大声で周囲にいた野次馬を散らしながらやってきたのは富次郎だった。

「ほら、お前も……って、レンやないか! 璃兵衛は一緒やないんか?」

「あいつは……」

どう答えるべきか言葉に詰まったレンの背中を、富次郎は叩いた。

「あいつは人を寄せつけんかったのに、今ではお前と一緒におらんと変な感じがするなんてな！」

「それよりも、そのこともだが」

「……お前、この子のこと知っとるんか？」

富次郎は筵が掛けられた死体に目を向けた。

「蓬莱堂に来た客と似た着物だ。顔を見せてもらえばわかるはずだ」

「お前にならええやろ。早いとこ、この子を家に帰してやりたいし、名前だけでもわかればこっちも助かる」

富次郎が野次馬たちをにらむと、彼らはすごすごと去っていった。

「それに他のやつらみたいに野次馬根性や面白半分でわけでもないからな、そもそもそんなやつやったら、あいつもお前をそばには置かんやろし」

「私はそうとは思えないが」

「まぁ、たしかにそう思えんくても仕方ないわな。勝手に墓掘り返しそうやし」

「そうだな……」

まさかそれが原因で璃兵衛と言い争ってきたばかりだとは言えず、レンは相槌を打つだけに留めた。

「あいつは昔、何度か死にかけとるしなんか……持ち主は何を思って生きて死んだんか。なんでいわくつきて呼ばれるようになったんか。そうなるまでに何があって、どんな思いが込められとるんか。そういうもんを知りたいんやと。前に言うとった」

富次郎は死体のそばにしゃがみ込むと死体に向かって手を合わせた。

「……せやから俺は思うんや。苦手やろうが、ちゃんと死体に向き合うて犯人を見つけて、亡くなったもんが浮かばれるようにせんとあかんて。それが俺にできる供養なんやて」

話を聞いたレンは富次郎の隣にしゃがみ、富次郎がしていたのと同じように見よう見まねで死体に向かって手を合わせた。

「ちょっとごめんな。この兄ちゃんに顔見せたってな」

富次郎は優しく声をかけながら、そっと筵を上げた。

その下にはレンの知っている顔があった。

目を閉じているせいか店で見た時よりも幼く見える。

眠っているような死に顔だったことが不幸中の幸いだ。

「どうや？　知っとる顔か？」

「あぁ、店に来た客だ。名前は茜。母を亡くして、父はいないと言っていた」

「そうか……ん？　なんや、この傷？」

富次郎が驚いたのは着崩れた着物からのぞいた腹の傷だ。

「堪忍な」

富次郎が少しだけ着物をゆるめ、腹にある傷を確認する。

その傷はへその少し上あたりから脇腹にかけて走り、雑に縫われていた。

「最近できたもんみたいやけど、なんでこんなとこに？」

首をひねる富次郎の隣で、レンはその傷から目が離せなかった。

（なぜだ……どうして茜が、俺と同じ傷を……？）

レンにその傷があることは理解できるが、茜に傷がある意味がわからない。

璃兵衛の言葉を借りれば、その傷をつくる理由が茜にはないのだ。

「傷は脇腹の他に、腹部に数か所……死因は多分やけど頭の傷やろな……」

そっと富次郎がこどもの頭を起こしてみると、後頭部には何かで殴られた傷があった。

「ひどいな……」

「あぁ。せやけど、レンは大丈夫なんか？　ふつうは死体見て、そんな平然としとらんで」

「私の場合は慣れていると言えばいいか。ある意味、身近なものだからだろう」

「さすが璃兵衛のとこにおるだけあるな。肝っ玉がすわっとる言うか、器がでかい言うか」

（肝、器……でかい……）

そこでレンはあることに気づいた。

なぜ茜の母親の死体の腹は空だったのか。

いや、空でなければならなかったのか。

ひとつの答えにたどり着いたレンに鳥の声が届いた。

「ん……」

意識を取り戻した璃兵衛が感じたのは、カビなどが混ざりあった嫌な臭いだった。

蓬萊堂でもカビが生えたものや蔵の奥などに仕舞い込まれていたものを扱いはするが、この空間を満たす臭いはそれらとはあきらかにちがう。

(カビの他に湿った土に、何かが腐った臭い……この暗さからして、ここは地下か？)

起き上がろうとするが、手足を縛られているせいでそれはかなわなかった。

唯一自由な首を動かしてみると、頑丈な格子が目に入ってきた。

(なるほど、地下牢か……)

この場所がいつからあるのかはわからないが、おそらくは拷問か他言できないような趣味にでも使われていたのだろう。

それに、ここに連れて来られたおかげでわかったこともある。

茜の母親の遺体を空にした犯人とその理由だ。

「おや、もう目が覚めはったんですね」

そんな言葉と共に、提灯のあかりがあたりをぼんやりと照らし出した。

「お前だったか……安楽」

格子戸を開け、そばにやってきたのは安楽だった。

安楽は枷にとらわれた璃兵衛の姿を見ても驚く様子もない。

この場に不似合いな穏やかさが、ひどく不気味だった。

「茜の母親の遺体を空に……いや、空っぽの遺体をつくっていたのは」

「一体何のことやか。私にはさっぱり」

「塔婆は仏のいない墓、つまり既に遺体を運び出した目印に立てていたものだ」

璃兵衛に言われた安楽は困ったように笑ってみせた。

「そんな……塔婆がないだけで、その墓に仏さんがいいひんなんてこと」

「墓を掘り返したが棺桶の中は空っぽだった。俺はこの目で見た。それが何よりの証拠だ」

何者かに殴られる前に璃兵衛が見た棺桶の中は空で、本来そこにあるべきはずの遺体はなかった。

「墓を掘り返すなど……なんと罰当たりな！」

璃兵衛の所業を聞いた安楽は怒りに震え、叫びが地下牢に響いた。

「罰当たりはどっちだ」

璃兵衛はそんな安楽をひややかに見返した。

「あの墓は茜の母親の墓だろう。塔婆は新しい墓にこそ立てられているはずだが、それが立っていないのはおかしいと思わないか」

「それは……そう、うっかり忘れてたんですよ。私も何かと忙しい身なんで」

「坊主のかたわら、盗人への指示役もしていれば忙しいだろうな。どちらが本業かわかったものではないが」

安楽が動揺で肩を揺らしたのを璃兵衛は見逃さなかった。

「先程から、一体なにをわけのわからんことを」

「お前の計画はこうだ。盗人に医師から阿片を盗ませ、適切な治療を受けられずに死人が出た家から金を盗ませる。お前は何食わぬ顔でその家を訪ね、金がなければ自分がタダで葬式をしてやると遺体を引き取る。そうして引き取った遺体の腹を開き、医師から盗んだ阿片を詰めて輸出する。まさか遺体を阿片の入れ物に使うとはな」

璃兵衛の言葉に安楽は一瞬たじろいだものの、すぐに落ち着きを取り戻した。

「そんな突拍子もない話をされても困ります……それに証拠はあるんですか？」

「お前が家を訪ねるのは決まって葬式ができず困っている最中だ。まるで仏を迎えに来た菩薩のようだと言われているそうだが、一日に何軒も訪ねて回ることもあるそうだな。そんなもの事前に人が死ぬとわかっていないかぎり不可能だ」

璃兵衛の指摘に安楽はこれまでの態度を一変させた。

「お前、なぜそれを……」

「それと本堂の臭いだが、あれは阿片の臭いを隠すためだ。始終、護摩や線香を焚いていても坊主のお前なら不自然には思われない」

「護摩や線香を始終焚く者など私にかぎらずいると思いますが」

「あとはあいつへの反応だ。生まれは砂に囲まれた暑い国と聞いた時のお前はひどく動揺していた」

「あれは、まさか書物で読んだ国の者と実際に会えるとは思っておらず」

「違うだろう。お前はまずいと思ったはずだ。ミイラのことを知られてしまうのではとな」

エジプトでは死者をミイラにして肉体を保存することで、再び死者がこの世によみがえることができると考えられていた。

その一方でミイラは〝木乃伊〟などと表記され、薬の材料として輸入されることもあった。死者のよみがえりを願ってつくられたものが薬の材料となることは皮肉なようにも思えるが、これも考え方のちがいによるものだろう。

「遺体の重さは死因によって変わるらしいが、遺体の重さを気にすることはまずないからな。いいところに目をつけたものだ」

「……何が言いたい？」

「ミイラの中身を見ようと思う者はいない。仮にいたとしても棺の中にあるのは布を巻かれた遺体。顔も身体も見えず、腹の中に何を詰め込まれていたとしてもわからない。死体を手に入れられるお前の立場といい、この場所といい……まさに隠れ蓑には最適だ」

璃兵衛の視線の先にある棚には小刀や布が置かれていた。

今、璃兵衛のいるこの場所で遺体は阿片の入れ物に、ミイラへと作り替えられていたのだ。

「……あなたが初めてですよ。他のやつらは私を疑おうとさえしなかった」

「今のお前が本当のお前か。とんだ菩薩もいたものだ」

「本当も何も私に嘘偽りはありません。この寺を建て直したいと願ったのも、皆の救いとなる者になりたいと願ったのも本心です。ただ何事にも必要なものがある」

「金か」

「おかしなものばかりを扱っているとは言え、さすがは商人の端くれですね」

安楽はにこやかに微笑んだ。

「せっかくです。昔話をしてさしあげましょう。ある時、私は廃寺に暮らす盗人に出会いました。慈悲の心から私は彼を番所に突き出すことはしませんでした。すると彼はお礼に色々なことを教えてくれました。盗みを依頼する方法や盗品の売買、患者のふりをして医師から阿片を盗んだこと……」

説法をするかのように語る安楽の表情こそ変わりはないが、そこに菩薩のようと言われている安楽の姿はもうない。

あるのは金に狂い、欲にまみれたひとりの男だ。

「そこから今回の計画を思いついたか。生臭《なまぐさ》坊主は何度も見たことがあるが、ここまでのクズは初めてだな」

「心外ですね。私は修行の中で気づいたのです。寺に入った金が人々のために使われることはなく、酒や女に変わるだけだと……そうしたことに嫌気がさして、寺をあとにした私はようやく理想を見つけたのです」

「それがこの地下牢か？」

「ここを知る者は私以外にいません。誰も足元を、己にとって都合の悪い場所など見ようともしない」

安楽は手を上にかざしてみせた。

「浄土とは常に天にあり、見上げるためにあるものです」

「たしかにお前の言うことは一理ある」

地獄と呼ばれる場所や日本神話に登場する根の国、異国に伝わる神話の中でも地獄と同じ類いの場所があるのは地底とされ、逆に浄土、天国に値する場所があるのは天上とされていることが多い。

「なんと……話のわかる方と出会えたのは、あなたが初めてです」

安楽は先程までとは打って変わって喜びを隠しきれない様子で、璃兵衛を見た。

「どうです？　私と手を組みませんか？」

「手を組むだと？」

「ええ、共に浄土を作るのです。あなたの知識があれば、私の理想を、浄土を広げていくことができる……あなたにとっても素晴らしいことではありませんか？」

「勘違いしてもらっては困る。俺はお前の考えを認めたわけでもなければ、お前に共感したわけでもない。ただ神話に見られる共通点を認めたにすぎない」

「そうですか。それは残念ですね」

安楽は棚から短刀を手にした。

その柄には赤黒い染みがあり、刃は怪しく光っていた。

「あなたはミイラにするよりも剥製にした方が高く売れそうですね」

「剥製も作れるとは随分と器用な坊主だな」

璃兵衛に言われた安楽は、まるで手伝いをほめられたこどものように笑ってみせた。

「以前は手伝ってくれる者もいましたが途中で逃げ出そうとしまして。長く生きるコツは知りすぎず、他人を信じすぎないことですよ」

「適当なやつを金で雇い、必要がなくなれば口封じか。とんだ輪廻があったものだ」

「仏とは実にありがたいものです。私に富と地位を与えてくれるのですから……どのような人でも死ねば仏になるとは、まさにこのことですね！」

安楽に向けられた短刀の切っ先を見た瞬間、璃兵衛は強く思った。

〝知りたい〟と。

この短刀に生を終わらされた者達は最期にどのようなことを思い、何を願ったのか。

ここで腹を開かれてミイラとなった遺体は何を思ったのか。

(それを知るために、俺は……)

「な、なんだ、その目……？　光って……」

「気にすることはない。これはただの目印だ」

「目印、だと……？　一体なにを」

安楽が呆然とつぶやいた次の瞬間だった。

格子を破り、何かが地下室へと飛び込んできた。

「誰だ!?」

安楽はとっさに手にしていた短刀を向けるが、そこにいたのは人ではなかった。

ばさりと、地下のよどんだ空気を浄化するような羽音が響く。

羽音と共に美しい青色の羽根を広げたそれは人の頭を持ち、首から下は鳥の姿をしていた。

「ば、化け物……いや、妖怪か!?」

「どちらもちがう」

人の頭を持った鳥は璃兵衛の手足の縄を鋭い爪で裂くと、身体を起こした璃兵衛の胸元に寄り添った。

「これはバー、魂だ。神聖なバーを妖怪などと一緒にされては困る」

しかし璃兵衛の言葉を、安楽はまともに聞いてはいなかった。

「目に鬼火を宿し、怪鳥を操るとは……これを殺すのは勿体ない……阿片漬けにして売り飛ばす方が、かなりの金になる……そうだ、それがいい……あぁ、私にはやはり仏の加護がついている……」

安楽は璃兵衛とそのそばに寄り添うバーに魅せられていた。

自身に向けられる安楽の視線に、璃兵衛は幼い頃を思い出す。

――身体が弱い璃兵衛など売り払ってしまえばいい。

――見た目だけはいいのだから高く売れるはずだ。

幼く病弱だった璃兵衛の面倒を見に来ていた世話係が夜中にそんなことを話していた。

薄く目を開けると欲にまみれた目をして璃兵衛を見ていた。

そんな彼らと安楽は同じ目をしている。

「あなたは何も考えなくて大丈夫ですよ」

「どんなに見目の良い人間でも腹を開けば中身は同じ。そんなこともわからないのか」

その時に浮かんだものと同じ言葉を、目の前にいる安楽に告げた。

「──阿呆か」

しかし璃兵衛の言葉は安楽には届かない。

「ただ逃げられないようにはさせてもらいますがね……！」

安楽は璃兵衛に向かって短刀を振り下ろすが、それが璃兵衛に届くことはなかった。

「遅かったな」

安楽の腕を掴み、短刀を止めたのはレンだった。

「文句を言われる筋合いはない」

その言葉に同意を示すかのように璃兵衛のそばにいたバーはレンのそばに行き、羽根を揺らすと再び璃兵衛のところに戻ってきた。

「そもそもお前は墓を掘り返すことも日常茶飯事のようなところが……っ」

「何をのうのうと話しているのです？」

安楽の逆の手にはいつの間にか別の短刀が握られており、その先はレンの左胸に深々と突き立てられていた。

安楽が柄から手を離すとレンは背中から倒れていく。

璃兵衛は何も言わず、ただじっとレンが倒れるのを見ているだけだった。

「驚きと悲しみで声も出ませんか。ですが、私を差し置いて話をしていたのが悪いのですよ」

「そうだな……たしかにお前の言うとおりだ」

「寺のやつらもそうだった。私のことを理想主義者だ考えなしだと見下して馬鹿にして……！」

安楽はその時のことを思い出したのか怒りで顔を歪めたが、すぐに笑みに変わった。

「けれど、私はもう違う……菩薩と呼ばれ、崇められる存在となった……私を馬鹿にしてきたやつらなど、私の足元にも及ばない！　はっ、ざまぁみろ！　ははっ、はははは！」

不気味な笑い声を地下に響き渡らせる安楽を璃兵衛は冷めた目で見ていた。

「ありがたいご高説をどうも。これであいつの目も覚めるだろう」

璃兵衛は倒れているレンに向かって告げた。

「いつまで寝ているつもりだ」

璃兵衛の言葉にそれはゆっくりと起き上がった。

「ばっ、馬鹿な、こんなことが……死んだ者が、っ、死体が、よみがえるなど……!?」

「あるから私はここにいる。これ以上ない、ひどい目覚めだがな」

レンは事もなげに左胸に刺さった短刀を引き抜いた。

傷口から血が流れ出すこともレンが痛みに顔をしかめることもなく、ただ何事もなかったようにレンはそこに立っていた。

「お、お前は、一体……」

「それは貴様がよく知っているであろう。しかし阿片の入れ物にするとは考えたものだな」

「その上、入れ物も薬の材料として高値で売れるときた」

レンと璃兵衛の言葉に安楽はあるものに思い至ったようであった。

「……まさか、自分はミイラだとでも言うつもりか？」

「ああ、そのまさかだ」

レンは親指で璃兵衛を示した。

「こいつのせいで心臓を共有するはめになったがな」

「正確には魂だが心臓というのも間違いではない。魂は心臓に宿るという考えもある」

レンの言葉に対し、璃兵衛は冷静に自分の考えを述べる。

そんなふたりを安楽は理解できないと喚《わめ》き散らした。

「ありえない……心臓を、魂を、共有だと……？　さっきから何をわけのわからないことを言ってるんだ、お前たちは!?」

「肉体、魂のバー、生の全ての根源とされるカー、霊の一種のアク……古代エジプトには人間は死後四つの存在になるという考え方がある。そしてバーは魂を運ぶ役割を持っている」

璃兵衛がバーの羽根をなでてやると、バーは気持ちよさそうに目を細めた。

「そいつがお前に刺される前に、そいつの魂をバーが俺のところに運んできた」

璃兵衛は自分の左胸に手を置いた。

「今、俺の中にはふたつの魂がある。だからそいつは刺されても死ななかった。そして俺は心臓を共有しているおかげで墓を掘り返せるくらい健康な身体を手に入れた。代償としてふたつの魂を俺が持つことになったがな」

「私を騙そうとしてもそうはいくか、ミイラがよみがえるわけがないだろう！」

「なら、もう一度やってみればいい。それでお前の気がすむなら好きにしろ」

「お前は他人事だと思って適当なことを、っ……そうか……懲りないな、貴様も」

話の途中で再び短刀を突き立てられたレンは不機嫌そうに安楽を見下ろした。

「ほ、本当に、死なないだと……不死身か、こいつは」

「ミイラだと言っている。それにお前ならば、これを見ればわかるだろう」

レンは着物の胸元を開けると、そのまま両の袖を抜いた。

傷ひとつない肌が続く中、脇腹のあたりに一筋の傷が走っていた。

「これがミイラを作る時にできる傷だ」

レンは腹にある傷をゆっくりとなぞった。

「ここから内臓を取り出して壺におさめる。よみがえってきた時のために大切に、身体にはできるだけ傷をつけないように。祈りや願いを込めて……それを貴様はどうした？」

レンの怒りに魂が反応するかのように、璃兵衛の瞳の青い輝きが増していく。

それはまるで安楽に怒りを持つ死者たちの魂の怒りをあらわしているようであった。

「そんなものっ、死ねば皆同じだだろう！　死体を、臓物を残したところで、本当によみがえるとでも思っているのか？　死ねば人は終いなんだ。ならば生きている者のために有意義に使って何が悪い!?」

「たしかに人は死ねば終いだ。だが、死して終わらないものも存在する」

「それはなんだ？　言ってみろ」

「——呪いだ」

「——いわくだ」

ふたりが答えた瞬間、部屋の中の温度が下がったように感じ、安楽は身体を震わせた。

「……呪いだの、いわくだの、くだらない」

「本当にそう思うか？」

璃兵衛はゆっくりと安楽に話しかけた。

「店に持ち込まれた呪いの書、座れば死ぬ椅子、いわくつきの人形、そしてミイラ……それらには強い想いが込められている。想いの主が死してもなお、その想いは生き続けている」

璃兵衛が語りながら近づいてくるたびに安楽は言い知れぬ恐怖に身体を震わせて後ずさるが、やがて冷たい土の壁が安楽の逃げ場をふさいだ。

「呪いとは、死とは、生とは……せっかくだ、お前のありがたい話を聞かせてもらおうか」

「……あぁぁぁ！」

　安楽は璃兵衛に向けてやみくもに短刀を振り回したが、安楽の短刀はレンによって弾かれた。レンが手にしている短刀はレンが自身の身体から引き抜いたものだ。

「ちなみにだが、俺はこう考える。呪いとは生と死の狭間にあり、人の想いを残すものだと……だから俺はいわくつきのものに触れる時、この上なく生を感じる。万年千年と生き続ける想いが、やがて呪いとなる」

「なにを、くだらないことを」

「その者たちを見ても貴様はくだらないと、そう思うか？」

　レンが示した安楽の足元にいるのは、かつて人であったものたちだ。

　人の形をかろうじて保ちながらも、その存在はまるで影のようにうつろだ。

　地面を這いずり回っているそれらは声にならない声を上げ、視線の定まらない目で安楽をにらみながら、地獄に引きずりおろそうと安楽の脚に手を伸ばしていた。

「なっ、なんだ、こいつらは!?」

「貴様がミイラにして阿片を詰めて売り飛ばした者たちの無念が形となったものだ」

「死んだやつらが、私に一体なんの用だ？　お前達は既に死んでいる、俺が殺したわけではないのに逆恨みもいいところだ！」

「逆恨みだと？　貴様がしたことは死者への冒涜であり、あの世での審判を妨げるものだ！」

「黙れ！　死人がなにかを言ったところでどうなる？　誰がその言葉を信じるっていうんだ？　そんなもの誰も信じない、何故なら私は生者であり、菩薩だからな！」

吠えるように叫びながら、安楽は足を掴んできたものの頭を容赦なく蹴り飛ばした。

「お前もお前もお前も死ねっ！　死人ごときが菩薩と言われる私に逆らうな！」

蹴られた頭は毬《まり》のように地面を転がり、やがて消えていった。

「おとなしく死んでおけばよかったものを、私の邪魔をするからこうなるのだ」

安楽は汚らわしいものを見るような目を頭が消えた先に向けた。

「だから茜も殺して、ミイラにしたのか」

「茜……？　あぁ、母親をミイラにするところを邪魔してきた娘のことか。あれはただの事故だ」

「事故だと？」

「頭を殴った際に、どうもあたりどころが悪かったようで。せっかく死体があるならと、こどもでもミイラを作れないかと試してみたが、今の私の腕ではうまくいかず」

安楽はおだやかに微笑むと告げた。

「なので、川に捨ててやった。浮き上がってこないように石を開いた腹の中に詰めてなぁ」

「っ、貴様、どこまで死者を冒涜し、弄《もてあそ》べば気がすむ！」

「そう言えば、お前も死人だったか。死人のくせによく回る口だ」

安楽の口から語られた茜の最期に怒りを露《あらわ》にするレンを前にしても、安楽はただ悠然と微笑んでいた。

「……もう一度死にたいなら死なせてやろう。それが慈悲というものだ！」

「俺は言ったはずだ……呪いとは生と死の狭間にあるもの、生き続ける想いだと」

「せいぜい好きにほざいておけ。こいつらをすべて消したら、お前たちの番だ！」

安楽は足元にいるものを再び踏みつけようとするが、その足を阻んだのは璃兵衛の瞳の色を思わせる青色をした亀の甲羅だった。

「な、なんだ、これは……」

「俺のカーを形にしたものだ……生の根源、俺の生きがいや希望とやらは、ふたり分を補うには十分すぎるものだったみたいでな。心臓は返す……あとは頼めるな」

璃兵衛の言葉を合図にバーが飛び立ち、レンのもとに向かう。

「来い……」

レンが左手を伸ばす。

するとバーはその手を頼りにするようにレンの左胸へと向かう。

そしてバーが左胸にそっと頬ずりをしたかと思うと、大きな羽音をひとつ響かせて姿を消した。

「あとは任せておけ」

顔色の悪くなった璃兵衛に答えるレンの瞳は青く輝く。

それはまるで璃兵衛の瞳をレンが受け継いだかのようだった。

「貴様は言ったな。ミイラが、死者がよみがえることはないと。ならば見せてやろう。貴様が冒涜した者たちの怒りを、悲しみを……！」

レンの声にこたえるように安楽の足元にいた者達からは青い人魂にも似た光が浮かび上がり、亀の甲羅へと吸い込まれていく。

そうしてすべての光を取り込んだ亀の甲羅が割れたかと思うと、その中からは青い炎に包まれた羽根を持った一羽の鳥が生まれた。

「これは……」

その美しさに安楽は思わず手を伸ばす。

しかし指先が燃え盛る羽根にふれた瞬間、安楽の指は一瞬にして青い炎に包まれた。

「あ、あぁぁぁ！　指が……手がぁぁぁ……」

「貴様のような者がふれることを許されるわけがないだろう。この鳥は死者達の想いが集まって生まれたカーだ」

青い鳥はレンの肩に留まると、痛みに叫ぶ安楽をただじっと見ていた。

「貴様など審判の天秤にかける必要もない。貴様の心臓は羽根よりも軽い！」

指先を焼いた青い炎は安楽の全身を包み込む。

「は、腹が、腹が裂けて……中身が、なぜ空に……」

青い炎を包まれながら安楽は自分の腹をかきむしるが、腹は裂けてなどいない。

「どこだ……？　私の腹の中身は、一体どこにいったんだ……!?」

安楽は炎に焼かれ、ひとり叫びながら、腹をかきむしり続けている。

それは死者たちの悲しみと怒りが安楽に見せた幻覚であった。

「……いいざまじゃないか。あれだけ呪いを否定していたくせに」

青い炎に照らされた璃兵衛の顔色はお世辞にもよいとは言えないが、璃兵衛は目をそらすことなく炎に包まれる安楽を見ていた。

「これがお前の言う呪いか？」

「心臓が止まっても人の想いは残る。だからこそ呪いがある……そう考えると呪いはある種の祝いなのかもしれないな」

「祝い？　呪いがか？」

「『呪い』はまじないとも読む。お前がいつかよみがえると信じてミイラにして、棺を開けた者の命を奪う呪いをかけた者もそうだ。他者に対しては呪いだが、あれはお前への祝いであり、お前のための呪《まじな》いでもあり、願いだった。棺を開けたのが呪いに耐性のある俺のような者だったことは想定外だろうが」

「……名前を削られ、自分に関する記憶がなくとも、それは祝いと言えるか？」

「さぁな。ただあれだけの呪《まじな》いをかけるには、かなりの手間と時間が必要だったはずだ」

璃兵衛は未だ青い炎に包まれる安楽に告げた。

「その祝いがどうか千年万年と続きますように。ただしお前にとって、それは祝いではなく呪いかもしれないがな……」

安楽が目を覚ますと、そこは暗闇だった。

(私は、一体……)

少しずつ安楽は思い出していく。

地下室での出来事、青く輝く瞳、自身を包み込む炎。

そして美しさを孕《はら》んだ、あの恐ろしい言葉を。

(冗談じゃない！　こんなところで終わってたまるものか)

手を伸ばそうとするが、そこで安楽は何かを身体中に巻き付けられていることに気づく。

(なんだ、なにがどうなっている……！)

口から出る声はくぐもった音にしかならない。

ならばと必死に身体を揺らしてみるが、そのたびに胡坐《あぐら》をかいた姿勢で黒い布のようなもので固定された膝が板のようなものにあたって痛みを伴う。

(ここは……木箱の中か？)

なぜ安楽が木箱に入れられているのかはわからないが、音を出していれば誰かが安楽の存在に気づくだろうと、痛みに耐えつつ何度も身体を揺らす。

「……なあ、今、音がせんかったか？」

「はぁ？　恐いこと言うなや」

そんなことを考えていると男たちのやりとりが聞こえてきた。

「高僧のミイラなんて気色悪いもんを運ばなあかんてのに。異国の金持ちが薬の材料にほしいて言い出したらしいけど、金持ちの考えはようわからんなぁ」

「まったくや。まぁ、わしらには関係ないことや」

（ミイラ、薬の材料だと……まさか、この私が……？）

おそらく安楽がいるのは船の中だ。

この状態のままが続けば、いずれは命を落とす。

（出航までに、ここから出なければ）

安楽は必死に身をよじらせるが、拘束も箱もびくともしない。

（くそっ、どうすれば）

そこで安楽は自分をのぞき込む者の存在に気づいた。

（あぁ、これで助かる……）

安堵したものの、安楽は気づく。

今、安楽がいるのは狭くて暗い箱の中だ。

それなのに一体どうやって安楽をのぞき込んでいるのか。

そして、なぜのぞき込んでいるとわかるのか。

よく見れば暗い箱の中でいくつもの目が縮こまる安楽を向いていた。

（あ……あぁ……）

ガタガタと震える身体を何本もの手が這いずり回る。

それは安楽がミイラにしたものたちの怒りや悲しみの念からできたもので、安楽を箱の中で縛りつけていた布もその手であることにようやく気づいた。

足の間が濡れ、鼻を刺すような臭いが箱の中に立ち込めても、その手が止まることはない。

安楽がかつてしていたように安楽の身体に包帯のように幾重にも、まるで悲しみや怒りをわからせるかのように強く巻き付いていく。

「おーい、船を出すぞ」

（待て、頼む、出すな……出さないでくれ……！）

安楽の願いもむなしく、船は静かに動き出した。

翌日、璃兵衛とレンの姿は蓬莱堂にあった。

璃兵衛は相変わらずあの座った者が死ぬはずの椅子に座って鏡をのぞき込んでいるが、その椅子も鏡もいわくつきのものとして店へやってきたものだ。

「……お前は、あれでよかったのか？」

「あいつはいなくなり、寺に埋葬されていた遺体は別の寺で供養されることになった。それのどこに問題がある？」

安楽がいなくなり、寺にある墓を見る者がいなくなったため、寺の墓に眠る者達は改めて供養されることになった。

真実はごく一部の者達のみが知るに留められたが、真実を知る者の中には富次郎もいた。

真実を知った富次郎は身寄りのない者も供養してもらえるよう、あちこちの寺に掛け合い、墓で眠っていた者たちはようやく静かな眠りにつくことができたのだ。

「安楽がいなくなったのはお前のせいではないだろう」

「もう噂になっているのか。まぁ、あいつがいなくなったのは俺のせいというのは嘘ではないからな」

同じ苦しみと恐怖を味わわせること。

それが安楽に死を冒涜された者たちの願いであり、それがどこぞの神か仏か、あるいはそれ以外のなにかに聞き届けられたのだろう。

「高僧のミイラとして祀られて未来永劫崇められるか薬の材料になるかはあいつの運次第……まさに神のみぞ知ることだ」

「安楽の願いもある意味叶ったわけか」

「――お兄ちゃん」

そんなことを話していると、あの日と同じように茜がやってきた。

あの時とちがうのは茜が赤い着物ではなく、萌黄色の着物を着ていることだ。

「お兄ちゃんたちのおかげでお母ちゃんを送ってもらえたし、うちも行くな！」

璃兵衛とレンが言うよりも先に、茜は笑顔で告げる。

その笑顔には赤よりも萌黄色の着物がよく似合っていた。

「そうか……なら、これは返しておこう」

璃兵衛は茜に預かっていた櫛を手渡す。

櫛に咲いていた赤い花はいつの間にか消えていた。

「ええの？　これ、うちが店に持ってきたやつなのに」

「あぁ。母親からもらった大切なものだろう」

「うん……」

レンは首に下げていた守り袋の中から小さな紙を取り出すと茜に渡した。

「これを茜に」

「なんなん、この紙？」

茜が手にした紙には見慣れない文字や絵のようなものが書かれている。

「私と一緒に入れられていた護符の一部だ。茜と母親のあの世での道行きを守ってくれる。持っていくといい」

「おおきに、鬼のお兄ちゃん！」

「私は鬼ではないと……まあ、いい。気をつけていくといい」

「うん！　お兄ちゃんたち、本当にありがとう！」

茜は櫛と護符を大事そうに胸元に抱き締めて笑うと静かに消えていった。

「死んだ後も母親のために必死で墓を掘り返し、俺たちに頼みに来るとは大したものだ」

「そういう理由があるなら、早く言えばよかったものを」

「俺のことを平気で墓を掘り返しそうなやつだと思っていたお前にか？」

「それは悪かったと思っているが、そもそもお前は普通ではない。墓を掘り返したり、殺されそうになっていても平然としていたり……大体バーを軽々しく飛ばすな、カーも簡単に渡すな。病弱なお前は健康な人間に比べてバーもカーも弱い。何かあったらどうする」

いつになく饒舌なレンを璃兵衛は不思議そうな顔で見ていた。

「なんだ、その顔は」

「まさかとは思うが……お前は俺を心配していたのか？」

一気にまくしたてたレンに問いかけた璃兵衛にレンは首を傾げた。

「それのなにが悪い？」

「いや……お前、前に自分にはカーがないと言っていなかったか？」

「言ったな。私にはカーが、この国では精気や活力と言われるものがない。だから私はお前とカーを共有して」

「お前にカーはある」

「なぜそう思う？」

「そうでなければ死者のために悲しみ、怒れるはずがない。それに俺を心配することもできないからな」

カーは生の全ての根源、命の源、魂など……。

さまざまな言葉であらわされるが、璃兵衛はカーを希望であり、願いであり、生きがいであり、心であると考える。

何も感じなければ、人は生きてはいけない。

だからこそ同時に希望や願いが生まれるのだ。

「そう言えば、前に富次郎に言われたな。お前と私は一蓮托生だと」

「一蓮托生は行動や運命を共にする仲という意味だが、お前はそれでいいのか？」

「いいも何も。私とお前は行動どころか、心臓や魂を共有しているだろう」

心臓を、魂を共有している以上、璃兵衛とレンは離れることはできない。

――まさに一蓮托生。

この言葉がこれほど似合う者はそういない。

「あの、すみません……この品物を見てもらいたいんやけど……」

「客が来たぞ。早くしろ、璃兵衛」

「……お前、今、俺の名前を呼んだか？」

「ああ、呼んだが」

レンが璃兵衛の名前を呼ぶのはこれが初めてだ。

しかしなにも客が来たというところで、わざわざ名前を呼ぶことはないだろう。

そんな気持ちを込めて璃兵衛はレンに視線を向けた。

「……性格が悪いんじゃないのか、レン」

璃兵衛からの視線を受けたレンはにやりと笑うと、こう告げた。

「どこぞの青い目の店主いわく、言葉を覚えるのはそれだけそこに馴染んでいるから、らしい。ならば性格の悪い店主といるせいで性格が似ても不思議はないだろう?」

「なるほど。それは一理ある」

「あの……」

「ああ、これは失礼」

璃兵衛は椅子から立ち上がり、姿勢を正すと客に向かって告げた。

「ようこそ、祝久屋蓬莱堂へ。さて、どのようないわくをお持ちで?」

# あとがき

この度は『青き瞳と異国の蓮　いわく、大坂唐物屋に呪いあり』をお手に取っていただき、ありがとうございます。作者の結来月《ゆくづき》ひろはと申します。

せっかくなので、作品の裏話などを少しお話させていただきたいと思います。

璃兵衛は最初「薬屋の息子」でしたが、資料を探す中で偶然「唐物屋」を知り、調べていくうちに興味を持ち、唐物屋に変更しました。

そしてレンの名前は「一蓮托生《いちれんたくしょう》」から考えたのですが、古代エジプトで「名前」という意味を持つ言葉だと、あとから知って驚きました。

昔から歴史系番組は好きだったものの、幼い頃はミイラが映ると怖がり、祖父母の後ろに隠れながら見ていたこと。数年前に偶然立ち寄ったエジプト展で、日本でいう仏壇のようなものを見て「時代や場所でやりかたは違っても亡くなった人を悼む気持ちは同じなんだ」と思ったこと。

その他にもいくつもの出来事が重なり、一冊の本としてお届けさせていただけることになりました。なので、私にとってこの作品は「初めて書いたバディもの」であると同時に少しふしぎな作品でもあります。

また、この作品は「想い」もテーマのひとつになっています。

日々を過ごす中で、人は様々な想いを抱きます。

それらの想いは綺麗なものばかりとはいきませんが、誰かに対する呪い〈のろい〉ではなく、自身が良いほうへ向かう呪い〈まじない〉になればと願っています。

書籍化にあたり、たくさんの方にお世話になりました。

美しい青が目をひく素敵な表紙を描いて下さったさくらもち様。ふたりの瞳の色の違いや巻物、小物など細かな部分まで丁寧に描いていただき、ありがとうございます。

担当編集の田中様。初めてお会いした際に作品の感想を熱く語っていただいたことがとても嬉しかったです。執筆中も親身になって相談に乗っていただき、大変感謝しております。

いつも見守ってくれている家族や友人、駆け出しの頃からずっと応援して下さっている方々、この本に携わって下さった皆様。そしてこの本を手に取って下さった読者の皆様、本当にありがとうございます。

次の作品でもお会いできれば嬉しいです。

二〇二四年十二月　結来月ひろは

ことのは文庫

青《あお》き瞳《ひとみ》と異国《いこく》の蓮《れん》

いわく、大坂唐物《おおさかからもの》屋《や》に呪《のろ》いあり

---

2024年12月28日　初版発行

著者　結来月《ゆくづき》ひろは

発行人　子安喜美子

編集　田中夢華

印刷所　株式会社広済堂ネクスト

発行　株式会社マイクロマガジン社

URL：https://micromagazine.co.jp/

〒104-0041

東京都中央区新富1-3-7 ヨドコウビル

TEL.03-3206-1641 FAX.03-3551-1208（営業部）

TEL.03-3551-9563 FAX.03-3551-9565（編集部）

---

本書は、小説投稿サイトに掲載されていた作品を、加筆・修正の上、書籍化したものです。

定価はカバーに印刷されています。

ISBN978-4-86716-681-9　C0193

乱丁、落丁本はお取り替えいたします。